AF501170

LES AMOURS D'UN SERPENT

VAUDEVILLE EN DEUX ACTES

PAR

MM. DE LUSTIÈRES ET FEUQUEROLLES

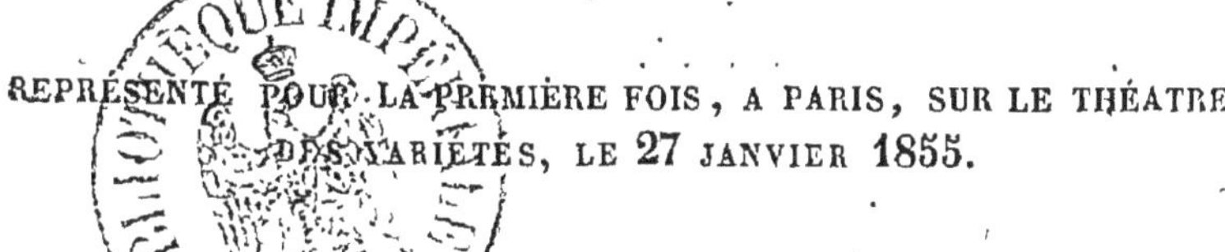

REPRÉSENTÉ POUR LA PREMIÈRE FOIS, A PARIS, SUR LE THÉATRE DES VARIÉTÉS, LE 27 JANVIER 1855.

PARIS
MICHEL LEVY FRÈRES, LIBRAIRES-EDITEURS,
RUE VIVIENNE, 2 BIS.
1855.

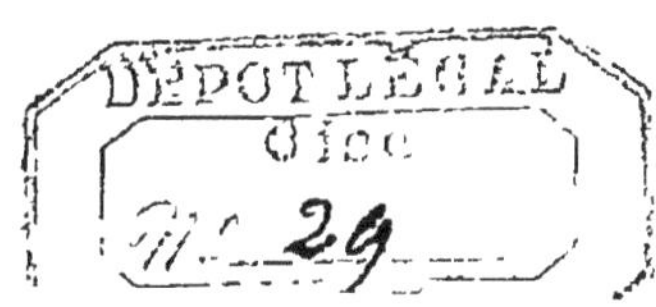

DISTRIBUTION DE LA PIÈCE.

PASCAL, enfant de troupe, caporal dans un régiment de ligne	MM. DEVAUX.
MARCASSIN, tambour-maître au même régiment	BARDOU J^e^.
BARNABÉ, conscrit (22 ans)	LASSAGNE.
BEAULIEU, fourrier de hussards	CACHARDY.
GUILLAUME, valet de ferme	DELIÈRE.
UN CUIRASSIER, parlant	VICTOR.
UN HUSSARD, parlant	PELLERIN.
BASTIEN, valet de ferme, personnage muet.	
SUZANNE, cantinière	Mme DESHAYES.
MODESTE, fermière, tante de Barnabé . .	Mlle BOISGONTIER.
SOLDATS, de toute arme.	

Le premier acte se passe dans un camp de manœuvres.
Le second, dans un petit village de la Bresse.

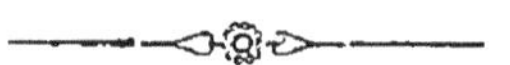

NOTA. — Toutes les indications sont prises de la salle. — Les personnages sont placés en tête des scènes dans l'ordre qu'ils occupent, c'est-à-dire que le premier inscrit tient la gauche. Les changements de position sont indiqués par des renvois.

LES AMOURS D'UN SERPENT.

ACTE I.

L'INTÉRIEUR D'UN CAMP.

gauche, au deuxième plan, une barraque avec une enseigne où l'on lit : CANTINE ; tables et tabourets devant la porte.—A droite, au deuxième plan, une tente fermée. — Au quatrième plan, une colline allant de gauche à droite.

SCÈNE I.

MARCASSIN, SUZANNE, SOLDATS.

(Au lever du rideau, des soldats de toute arme sont assis et occupés à boire, servis par Suzanne et un garçon. — Marcassin fume sa pipe devant la porte de la cantine.)

CHŒUR DE BUVEURS.

Air de M. DUFORT.

Au camp joyeux,
Faute de mieux,
Buvons le vin d' la cantinière!
Bientôt j'espère,
Troupier fini,
Boire celui
De l'ennemi.

SUZANNE, aux buveurs.

Oh! pas si haut, camarades, je vous en prie!... vous allez veiller Pascal. (Elle montre la tente à droite.)

MARCASSIN.

Le grand malheur quand ça arriverait!

SUZANNE.

Ah! parrain; quand on a été toute la nuit sur pied!...

MARCASSIN.

Allons donc! ça se dorlotte! un enfant de troupe... qui est , comme toi, au régiment... Son père et le tien étaient d'au-s lapins que ça... Nous avons passé ensemble plus d'une it blanche.

SUZANNE, souriant.

C'est pour ça qu'à présent, parrain...

MARCASSIN.

J'ai des rhumatismes, pas vrai? Quand le temps change, s tapins prétendent que je bats une marche qui n'est pas ns l'ordonnance... C'est égal, il y a encore du nerf... Je démontre sans me gêner les six sols les plus mouchetés de la danse... et je repasse un coup de seconde, aux oiseaux, à une pratique.

Air : *du Château perdu.*

Mais près de toi, si fraîche et si gentille,
Si ton Pascal ne trouve rien de mieux
Que de dormir, moi, je me dis, ma fille,
Un' fois mariée, qu'est-c' que ça s'ra, mill' zyeux !

SUZANNE.

Quand j' s'rai sa femme, oh ! je lui rends justice !
Il s'ra présent, dès qu' l'appel sonnera...
Pour que jamais n'en souffre son service,
Soyez tranquille... à temps on l' préviendra ! (*bis.*)

(*Elle remonte et passe à gauche.*)

MARCASSIN.*

Un moutard à qui j'ai mis les baguettes et les fleurets à la main, un gamin qui mordait, pas plus haut que ça, au pas de Zéphyr... et qui vous passait un dégagé dans le goût de chique... il rêvasse, il néglige le jeté-battu et la contrepointe... il finira par te laisser de côté à ton tour.

SUZANNE.

Ne dites pas cela, parrain !

MARCASSIN.

Les officiers l'ont gâté... il a pris des idées...

SUZANNE.

Les officiers l'aiment comme tout le monde, en souvenir de son pauvre père, mort sur le champ de bataille.

MARCASSIN.

Et le tien est mort dans son lit peut-être ? suffit ! Je sais ce qu'il m'a recommandé à son dernier moment... et ça sera, mille z'yeux !... ou, Pascal a beau être mon élève favori, je lui prendrais mesure d'un gilet pour son hiver !

SUZANNE, effrayée.

Ça sera, parrain, ça sera !... (A part.) M'abandonner... oh ! ce serait trop mal !...

DES BUVEURS, dans la cantine.

Ohé, Suzanne !... à boire, à boire !

SUZANNE.

C'est bon, on y va. (Elle entre un instant dans la cantine. — Marcassin s'est remis à fumer sa pipe au fond du théâtre. — Beaulieu, avec deux hussards, qui portent des sacs d'avoine, arrive par la c lline.)

* Suzanne, Mascassin.

SCÈNE II.

MARCASSIN, BEAULIEU, DEUX HUSSARDS, AUTRES SOLDATS, buvant, puis SUZANNE.

BEAULIEU, aux hussards.

Halte ici, camarades !... on ne passe pas comme ça devant une cantine... en revenant de corvée...

PREMIER HUSSARD.

Ça va, fourrier, si c'est vous qui paie.

BEAULIEU.

Hé non, bête !... c'est le fournisseur. (Frappant sur une table au milieu du théâtre, au deuxième plan.) Allons, haut ! arrosons un peu cette avoine... (Voyant Suzanne, qui sort de la cantine.) J'aperçois justement la gentille Suzanne !

SUZANNE, à part.*

Encore ce fat de hussard que je déteste. (Haut.) Qu'est-ce qu'il faut vous servir, messieurs ?

BEAULIEU.

Du meilleur !... l'autre n'est bon que pour les fantassins ! (Suzanne fait signe à un garçon pour qu'il serve les hussards, qui se sont attablés.)

SUZANNE.

Comme si les fantassins ne vous valaient pas !

BEAULIEU, qui est resté debout.

C'est vous qui dites ça, ma belle ! mais je n'aurai de repos que quand je vous aurai immatriculée dans la cavalerie légère. (Il la lutine.)

SUZANNE, passant à droite.**

Finissez !... si Pascal vous voyait.

BEAULIEU.

Bah !... il sait bien qu'il ne me va pas à la cheville... un ancien lion, pur-sang... un gant jaune à tous crins... et quand je lui raconte ma joyeuse existence de viveur à Paris...

SUZANNE.

Une vie qui vous a ruiné... et vous a forcé à vous engager...

BEAULIEU.

Eh bien, je suis du bois d'officier... et puis j'ai encore deux vieilles tantes et un oncle à croquer... j'espère bien reparaître un jour sur le boulevart Italien plus resplendissant que jamais... à moi encore les chevaux de race et les belles camélias... à moi le Turf et les coulisses de l'Opéra !... le lansquenet et les soupers échevelés de la Maison-Dorée !

* Marcassin, Suzanne, Beaulieu.

** Marcassin, Beaulieu, Suzanne.

SUZANNE.

Si vous n'avez pas autre chose à conter à Pascal, vous feriez mieux de garder vos histoires. Il ne rêve plus que Paris à présent... il en radote.... et si jamais il y met le pied, il m'oubliera, bien sûr !... Tenez, je vous en supplie, fourrier, ne lui parlez plus de tout ça.

BEAULIEU.

Si j'y consens, que me donnerez-vous, ma déesse?

SUZANNE.

Je vous donnerai... mon estime; car jusqu'à présent...

BEAULIEU.

Gardez votre estime pour les dragons, Suzanne!... les hussards sont plus gourmands que ça.

SUZANNE.

Tant pis pour les hussards!... mon cœur est à Pascal.

BEAULIEU, à voix basse.

Oui... et Pascal bavarde entre deux vins....

SUZANNE, à part.

O ciel! (Haut.) Je ne vous comprends pas!

BEAULIEU.

Oh! que si!... eh bien pour être muet, je ne demande qu'un baiser... (Il veut l'embrasser).

SUZANNE, passant à gauche.

Laissez moi ! (Elle remonte.)

MARCASSIN, qui fume toujours, et qui redescend la scène. *

Hé! là bas!... hé! là bas!...

BEAULIEU.

Tiens! c'est le père Marcassin... le marchand de mort subite... professeur à trois sous le cachet !

MARCASSIN.

Comment tu dis, bouffi!

BEAULIEU, insolemment.

Eh bien, après ?

MARCASSIN, avec un mouvement.

Après ? (Il se contient par un effort violent et reprend froidement.) c'est seulement histoire de te prier de rafraîchir un peu ta pantomime... tu pourrais attrapper du mal.

BEAULIEU, de même.

Vous croyez?

MARCASSIN, s'avancant.

J'en suis sûr... (Avec la plus exquise politesse.) quand ça ne serait qu'une indigestion d'acier trempé qui te mettrait sur le dos.

* Marcassin, Suzanne, Beaulieu.

BEAULIEU.

Des menaces !... ah mais dites donc, bonhomme !...

MARCASSIN, tendrement.

C'est pas des menaces, ma poule, t'es aimable... on jase avec toi... voilà tout.

SUZANNE, effayée, et descendant.

Parrain, parrain !

BEAULIEU.

Ne craignez rien, Suzanne... je ne me battrai pas avec lui... je suis élève de Grisier... et je faisais des armes avec Lozès. (Suzanne remonte à droite).

MARCASSIN, même jeu. *

Alors, si tu ne te bats pas... je te batterai, ô hussard, mes amours !

BEAULIEU, furieux.

Vous !

MARCASSIN, toujours carressant.

Moi !

SUZANNE, allant à la tente de droite.

Ah ! Pascal ! Pascal ! (Pascal entre à demi-éveillé, pendant que Marcassin et Beaulieu continuent à se quereller à voix basse.)

SCÈNE III.

LES MÊMES, PASCAL.

PASCAL. **

Hein ?... qu'est-ce qu'il y a ?... on prend les armes !... Le joli rêve !... je me voyais au bal de l'Opéra... en habit noir, en-gants jaunes... et il y avait un domino qui m'intriguait, oh ! mais qui m'intriguait !...

SUZANNE.

Toujours votre maudit Paris !.. Mais voyez donc, mon parrain... et ce hussard... ils veulent se battre !

BEAULIEU, bas à Marcassin.

Assez !.. (Il passe à gauche.)

PASCAL.

Se battre !.. (Il passe près de Marcassin.) *** Le fourrier est un bon enfant... voyons, mon vieux, qu'est-ce qu'il t'a fait ?..

MARCASSIN.

Il m'a fait, que pendant que tu dors, moi je veille au grain, et que tout à l'heure, il s'est permis vis-à-vis de Suzanne...

PASCAL.

Quoi donc ?

* Marcassin, Beaulieu, Suzanne.
** Marcassin, Beaulieu, Suzanne, Pascal.
*** Beaulieu, Marcassin, Pascal, Suzanne.

SUZANNE, vivement.

Rien !.. des plaisanteries... Parrain a cru qu'il voulait me manquer.

PASCAL, passant près de Beaulieu.

Lui .. sacrebleu ! si je le savais...

BEAULIEU, à part. *

Allons, bon !... voilà l'autre à présent !

PASCAL.

Non !.. non, j'ai tort... nous sommes amis ; vous savez que j'aime Suzanne... qu'elle doit être ma femme.

SUZANNE, à part.

Sa femme ! oh ! ce mot là me rassure !

PASCAL, à Marcassin.

Allons, vieux rageur !.. la paix ! une poignée de main au fourrier.

MARCASSIN, passant près de Beaulieu. **

Puisque tu le veux, c'est avec un sensible plaisir... (Bas à Beaulieu en lui serrant la main.) Ce qui est différé n'est pas perdu...

BEAULIEU, de même.

Comme vous dites, bonhomme.

MARCASSIN, bas.

Dans une heure, derrière le moulin.

BEAULIEU, bas.

Suffit !

MARCASSIN, enchanté.

Gentil hussard !.. mon cœur promet de t'aimer tendrement... Suzanne !.. du liquide ! je régale... (Bas.) en attendant.

ENSEMBLE.

Air de M. Dufort.

Trop s'échauffer ça nuit...
C'est notoire,
Vaut mieux boire !
Plus de mots, plus de bruit !

(*Suzanne apporte une bouteille et des vers. — Marcassin s'assied à la table de gauche avec Beaulieu et Pascal. — Suzanne reste debout. A ce moment on voit entrer Barnabé vêtu en paysan. — Il arrive par la colline.*)

SCÈNE IV.

LES MÊMES, BARNABÉ.

BARNABÉ, à la cantonnade. ***

Cuirassier, je vous recommande ma tante ! ayez-en bien

* Beaulieu, Pascal, Marcassin, Suzanne.
** Beaulieu, Marcassin, Pascal, Suzanne.
*** Marcassin, Pascal, Beaulieu, Suzanne, Barnabé.

soin!.. (Descendant la scène.) c'est une fière belle femme tout de même que ma tante Modeste! ah! Dieu de Dieu! quand je la regarde, ça me procure des éblouissements terribles!... je sens quéque chose qui me farfouille dans le cœur, comme si que j'en serais amoureux!.. (Il soupire.) Ah! et dire que, sans sa fantaisie de me faire endosser l'uniforme, j'aurais pu l'épouser... j'aurais pu devenir mon neveu!.. (Il réfléchit.) C'est-il mon neveu donc ou bien mon oncle que je serais?.. Enfin, n'importe! (Il soupire.) Ah! quel dommage qu'elle soit portée, comme ça sur le militaire! (Confidentiellement.) On ne peut pas lui en vouloir... c'est de naissance: il paraîtrait que feu ma grand'tante a évu un regard d'un cent-suisse... ou d'un soldat du train... je ne sais pas au juste!... ici, elle va se trouver dans son assiette... le militaire grouille de partout. (Apercevant Suzanne.) Il y a même des militairesses... S'il faut qu'elle fasse de l'œil à tout ça, il y a de l'ouvrage. (Il examine partout curieusement.)

MARCASSIN, l'apercevant, bas aux autres.

Qu'est-ce que c'est donc que cet oiseau-là qui rôde dans le camp avec un air de nous reluquer?

PASCAL, riant.

Oh! la bonne tête!

MARCASSIN.

C'est quelque riz-pain-sel, quelque rogneur de portions qui vient, avec son air bête, pour nous infuser ses haricots qui ne veulent pas cuire...

PASCAL, bas.

Nous allons le faire poser. (Il se lève et s'approche de Barnabé.)

BARNABÉ, à lui même. *

Dire que je vais t'être incorporé là dedans!.. moi qui étais si heureux à Saint-Loup, avec mes taureaux et mes vaches... la grande noire et puis le petit roux qui nous a évu le prix, cette année... et Bourriquet!... Ah! nom d'un chien! j'aurai t'y du mal à oublier mes bêtes!.. (Il tire son mouchoir s'essuie les yeux et se mouche avec bruit. — Beaulieu s'est levé aussi et s'est approché de Barnabé.)

PASCAL, lui tirant son mouchoir.**

Halte-là, camarade! on ne se mouche pas dans le camp... c'est défendu!

BARNABÉ, stupéfait.

Hein? comment? on ne se...

BEAULIEU.

Et pour avoir enfreint la consigne, vous êtes à l'amende de cinq sous.

* Marcassin, Beaulieu, Suzanne, au deuxième plan, Pascal, Barnabé.

** Marcassin, Suzanne, Beaulieu, Barnabé, Pascal.

BARNABÉ.

Cinq sous ?

PASCAL.

C'est l'ordre du général... (Aux autres soldats.) N'est-ce pas, vous autres ?

LES SOLDATS, qui se sont levés et approchés de Barnabé.

Oui ! oui !

PASCAL, à Barnabé.

A moins que vous n'ayez servi...

BARNABÉ.

Je n'ai encore servi que dans les bêtes à cornes. (On rit.)

BEAULIEU.

Connais pas ce régiment-là... Allons, payez !

BARNABÉ.

Pardon, excuse, je ne savais pas... si j'aurais su... on se mouche... on ne sait pas... (Présentant une pièce à Beaulieu.) Voilà une pièce de dix sous.

BEAULIEU

Je n'ai pas de monnaie.

BARNABÉ, vivement.

Non, gardez tout ! je vous demanderai la permission de me moucher encore une fois. (Beaulieu prend la pièce et la donne au garçon de la cantine.)

PASCAL.

Accordé... (Barnabé se mouche avec fracas et très-longuement. — Murmures des soldats.)

BEAULIEU, à Barnabé.

Eh bien ! voyons... est-ce fini ?

BARNABÉ.

Tiens, il me semble que pour dix sous... Il paraît que la discipline est bigrement sévère, nom d'un chien ! ça doit encore revenir cher pour ceux qui est enrhumé du cerveau.

PASCAL, gravement.

Dans ce cas, le gouvernement vous accorde un abonnement.

BEAULIEU.

Oui, jeune homme, c'est moi qui suis le receveur général du camp... et si vous voulez...

BARNABÉ.

Merci... je ne suis pas tout-à-fait enrhumé... mais le nez me picote... parce que j'ai comme des envies de pleurer... Ça coûte-t-il quelque chose aussi pour ça ?

BEAULIEU.

Une bagatelle ! des petits verres de n'importe quoi... à votre choix, pour le receveur général et sa société.

TOUS.

Oui ! oui ! des petits verres !

BARNABÉ.

Et j'aurai le droit de pleurer après, à mon aise ?

PASCAL.

Vous pourrez vous métamorphoser en borne fontaine, si ça vous est agréable.

BARNABÉ.

Dans ce cas, je paie les petits verres.

TOUS, avec satisfaction.

Ah ! (Ils vont se rasseoir.)

BARNABÉ.

Je ne vous cacherai pas même que ça me va... vu que, quand le nez me picote, le gosier me démange... c'est un effet que ça me fait.

PASCAL.

On vous passera ça par dessus le marché. (Il lui donne une tape sur le ventre et remonte.)

BARNABÉ, un peu soulagé, à part. *

Allons, il y a encore un peu de tolérance... C'est égal, j'ai t'y du regret, mon Dieu ! d'avoir quitté Saint-Loup ! (Beaulieu se rassied à la table de gauche, ainsi que Pascal.)

BEAULIEU, à Suzanne.

Servez les petits verres !... (Zuzanne fait signe au garçon, qui sert les petits verres.)

BARNARBÉ, sanglotant.

Hi ! hi ! hi ! j'ai t'y du regret !

BEAULIEU, à Barnabé.

Allez, mon garçon, ne vous gênez pas... pleurez.. (Suzanne vient auprès de Barnabé, pour se faire payer.) **

BARNABÉ, continuant à sangloter.

Hi ! hi ! hi ! j'ai t'y du regret !

MARCASSIN.

Ah ça, mais c'est un veau que c't animal-là !

BARNABÉ, payant Zuzanne.

Hi ! hi ! hi ! c'est ma tante Modeste qui en est cause !

SUZANNE.

Votre tante ?

BARNABÉ.

Oui, à la mode de Bretagne... Une des plus fortes fermières des environs de Saint-Loup, chez qui je n'avais rien à faire, qu'à me promener toute la journée dans les prés, en jabotant avec la grande noire... le petit roux... et surtout Bourriquet...

BEAULIEU.

Bourriquet?

BARNABÉ.

Un âne, monsieur... l'âne de la ferme à ma tante... aimable

* Marcassin, Beaulieu, Suzanne, Pascal, Barnabé.

** Marcassin, Pascal, Beaulieu, Barnabé, Suzanne.

au possible ! ce n'est pas que sa conversation *soye* très-variée, non ! mais il rachète ça par la velouté de son organe ! quand nous voyagions toutes les *deusses*...

PASCAL, riant.

L'un portant l'autre.

BARNABÉ.

Oui. (Par réflexion.) C'est moi qu' étais l'autre... nous en disions, monsieur... mais nous en disions...

PASCAL, riant.

Ça devrait être bien amusant.

BARNABÉ, qui allait pour se moucher, s'arrêtant et remettant son mouchoir dans sa poche. — A part.

Non !... j'aime mieux prendre un abonnement. (Haut.) Et puis, je dormais dans la saulée, où je faisais, avec mon couteau, des flutiaux, que la musique en était sensible comme tout... et puis, le dimanche, avec Bouquin, le serpent de la paroisse, je me livrais à son instrument, mais en cachette... parce que ma tante dit que ça m'époumonne.

SUZANNE.

Et pourquoi avez-vous quitté tout ça ? (Pascal se lève et vient près de Zuzanne.)

BARNABÉ, pleurant.*

Ma tante veut que je *soye* soldat, pour me dégourdir... Elle m'a fait engager, on m'a donné une feuille de route pour ce camp-ci... nous sommes venus dans sa carriole... et maintenant que j'y suis dans ce camp-là... je ne fais que penser à Saint-Loup... et ça me donne des envies terribles de le fiche... le camp !

BEAULIEU.

Ah ça ! et votre tante ?

BARNABÉ, allant s'asseoir à la table de gauche, entre Marcassin et Pascal qui se rassied.**

Elle est allée toucher un mémoire de fourrage chez le quartier-maître des cuirassiers...

SCÈNE V.

LES MÊMES, MODESTE.

(Cette dernière est accompagnée d'un cuirassier dont elle quitte le bras en entrant ; elle tient un sac d'argent à la main, elle arrive par la colline.)

MODESTE, au cuirassier.***

En vous remerciant, cuirassier... Votre quartier-maître est

* Marcassin, Beaulieu, Barnabé, Suzanne, Pascal.
** Marcassin, Barnabé, Pascal, Beaulieu, Suzanne.
*** Marcassin, Barnabé, Pascal, Beaulieu, Suzanne.

tout de même bien avenant... dites-y de ma part, que quand il passsera de nos côtés, il ne manque pas de venir nous voir à la ferme... et vous pareillement, cuirassier... je vous ferons manger de la galette que vous vous en lêcherez les pouces, jusqu'au coude !

LE CUIRASSIER.

Avec plaisir, belle bourgeoise. (Il sort par la gauche, troisième plan.)

MODESTE, descendant la scène.

Ces cuirassiers, c'est tous des hommessuperbes... Quand on a ça sous le bras... ça vous avantage une femme... mais faut une taille, une poitrine, des reins... et c'est pas Barnabé... Ah ça, oùs qu'il est donc passé ?

BARNABÉ, se levant.

Par ici, ma tante? je suis avec le receveur général des moucheurs et sa société. (Il se rassied.)

MODESTE, s'approchant.

Des militaires ! des gradés... eh bien ! t'es pas tout-à-fait si gnolles que je croyais. (Apercevant Pascal, qui se retourne à sa voix.) Tiens, tiens, je ne m'attendions pas à me trouver en pays de connaissance... voilà ce petit caporal, qu'a passé par chez nous l'année dernière et qui est si galant avec le sexe !

PASCAL, se levant et allant à elle.*

Ah ! sapristi ! la belle fermière qui est si prévenante pour l'uniforme !

SUZANNE, à Pascal.

Hein ? vous connaissez madame ?

PASCAL.

Oui, il y a près d'un an, quand j'ai été détaché pour ramener les conscrits de son endroit.

MODESTE.

Et je nous sommes rencontrés à la veillée, chez la mère Gambille oùs qu'il logeait... même qu'on a batifolé z'et pas mal bu... (Bas à Pascal.) Et que vous avez le cidre joliment folichon, caporal.

PASCAL, embarrassé.

Madame...

SUZANNE, à Pascal.

Je vous y prends... en me racontant ce voyage-là, je vois que vous ne m'avez pas tout dit.

MODESTE, à Pascal.

Ni à moi non plus, à ce qu'il me paraît, bel enjôleur... et vous ne m'aviez pas parlé de c'tte jeunesse qui vous marche sur les talons de peur qu'on ne vous enlève !

* Marcassin, Barnabé, Beaulieu, Suzanne, Pascal, Modeste.

SUZANNE, fièrement.

Cette jeunesse va être sa femme, madame.

MODESTE, allant à elle. *

Sa femme? ah ! c'est différent... je vous en fais mon compliment, ma petite.

SUZANNE.

Je vous remercie, madame. (A part.) C'est drôle... elle est pourtant jolie cette femme... eh ben ! elle ne me revient pas du tout. (Elle remonte.)

MODESTE, à Pascal. **

Allons, présentez-moi donc à la société... (Pascal remonte près de Suzanne. — Modeste s'approche de la table de gauche et fait la révérence.) Vot' servante, messieurs.

BEAULIEU, se levant et saluant.***

Madame... (A part.) La tante n'est pas du tout déchirée.

MODESTE.

Je suis bien aise que mon neveu ait déjà fait connaissance avec vous... il est un tantinet godiche... et je serons bien reconnaissante, si vous parvenez à le former un peu.

MARCASSIN.

Faudra du temps avant d'en faire un espiègle... mais pour obliger une personne du sexe...

MODESTE.

Après ça, c'est pétrat... mais il a tout de même du cœur et de la poigne, allez!... l'an dernier! quoiqu'il ne save pas nager, il s'a jeté dans la grande mare pour retirer le petit à la mère Dinguet qui se noyait... l'autre jour encore, au sortir de la grand' messe, il a rossé, comme il faut, un mauvais sujet qui voulait battre tout le monde... il lui a fait une conduite à coups de trique!...

(Suzanne et Pascal passent à gauche, au deuxième plan, tout en se parlant bas.)

BARNABÉ, honteux, se levant et allant à sa tante.****

Ma tante!... ma tante!... ne parlez donc pas de ça à ces messieurs.

MARCASSIN, vivement, se levant et allant à Barnabé.*****

Si, si!... parlons-en. (Brusquement avec une poignée de main.) Ah! tu lui as rincé le dos... eh bien, tu as l'air bête... mais je vois que t'as des talents de société... je te prends pour mon élève... (A Modeste.) Quand il aura passé par mes mains... (Pascal se rassied à la table en face de Beaulieu. — Suzanne reste au second plan.)

* Marcassin, Barnabé, Beaulieu, Suzanne, Modeste, Pascal.

** Marcassin, Barnabé, Beaulieu, Modeste, Pascal, Suzanne.

*** Marcassin, Barnabé, Beaulieu, Modeste, Suzanne, Pascal.

**** Marcassin, Beaulieu, Suzanne, Pascal; au 2e plan, Barnabé, Modeste.

***** Suzanne, Pascal, au 2e plan; Beaulieu, Marcassin, Barnabé, Modeste.

MODESTE, à Marcassin en passant près de lui.*

Montrez-lui tout ce qu'il faut... car on ne peut rien en faire.

Air : *On dit que je suis sans malice.*

On n' sait vraiment comment le prendre :
C' pauvr' Barnabé n' peut rien comprendre,
Et ses yeux toujours étonnés
Ne voient pas plus loin que son nez.
Le plus fâcheux, c'est que je l'aime,
Et j'avais des projets tout d' même...
Mais il est bête à faire plaisir...
J' n'ai jamais pu le dégourdir.

Je vous le recommande... faites votre prix en conscience...

MARCASSIN.

Plus tard ! vous ne payerez que si vous êtes contente. (Il passe près de Barnabé.)

BEAULIEU, à part, se levant. **

J'ai envie de lui faire la cour, pour vexer cette bégueule de Suzanne. (Haut à Modeste.) Vous devez avoir besoin de vous rafraîchir, charmante fermière... (Pascal se lève et continue à parler bas avec Suzanne.)

MODESTE, regardant Beaulieu à part.

Tiens ! c'est un n'hussard... il est bel homme. (Haut.) Ben obligée, hussard... mais j'ai hâte de voir Barnabé installé ; on m'a dit qu'il faut que je le présente au major...

BEAULIEU. ***

Charmante fermière... si vous voulez accepter mon bras.

MODESTE.

Volontiers. (A part.) comme c'est tourné, ces z'hussards !

BEAULIEU, à part, regardant Suzanne.

Elle ne fait pas seulement attention. (Haut, aux deux hussards.) Filez avec votre avoine, vous autres !...

MODESTE, prenant le bras de Beaulieu.

Partons, hussard. (A Barnabé.) Et toi, marche devant !

MARCASSIN, à Barnabé.

Ah ! tu sais jouer du bâton... et tu casses les reins à ceux qui font les méchants...

BARNABÉ, modestement.

Oh ! pas beaucoup... un peu...

MARCASSIN.

Sois tranquille, mon homme, je vais te recommander. (A Pascal.) Viens-tu, Pascal ?

* Pascal, Beaulieu, Suzanne, Marcassin, Modeste, Barnabé.
** Pascal, Suzanne, Beaulieu, Modeste, Marcassin, Barnabé.
*** Suzanne, Pascal, Beaulieu, Modeste, Marcassin, Barnabé

SUZANNE, vivement.

Non, non, parrain ! j'ai à lui parler.

MARCASSIN.

A votre aise, enfants !

BARNABÉ, pleurant.

Hi ! hi ! hi ! j'ai t'y du regret !... dire qu'elle va retourner à Saint-Loup sans moi !...

MODESTE, à Narcisse.

Air : *On vaut son prix, ah mais oui dà...* (Poudre de Perlimpinpin, acte 1er.)

J' vous confions ce grand dadais,
Donnez-lui les l'çons nécessaires...
Pour qu'il apprenne les manières...
Je n' voulons pas r'garder aux frais.

BARNABÉ, *pleurant.*

En pleurs le petit roux va fondre...
Dieu ! pour la grand' noir' quel déchet !
Et qu'est' c' que ma tant' va répondre
Aux reproches de Bourriquet !

ENSEMBLE. — REPRISE.

MODESTE ET LES AUTRES.

J' vous confions / Confiez nous } ce grand dadais...
Donnez lui / Il aura } les l'çons nécessaires...
Pour qu'il apprenne les manières,
Je n' voulons pas / Il ne faut pas } r'garder aux frais !

BARNABÉ, *à part.*

Quand ell's sauront que j' pay' les frais,
De son goût pour les militaires,
A ma tant' mes bêt's réfractaires,
Bien sûr, ne pardonn'ront jamais.

(*Marcassin, Barnabé, Modeste et Beaulieu sortent par le troisième plan à droite. — Les deux hussards et les autres soldats sortent par la colline. — Suzanne et Pascal restent seuls.*)

SCÈNE VI.

PASCAL, SUZANNE.

PASCAL.

Voyons, de quoi s'agit-il, ma petite Suzanne ?

SUZANNE.

Pascal, tu me dis que tu m'aimes... pourtant tu es cause que j'ai bien de chagrin.

PASCAL.

Moi ?

SUZANNE.

Et d'abord, qu'est-ce que c'est que cette dame Modeste, qui paraissait si bien avec vous ?

PASCAL.

Oh ! si bien !... c'est-à-dire (Riant.) Est-ce que, par hasard, tu en serais jalouse ?...

SUZANNE.

C'est possible.

PASCAL.

Une simple connaissance de hasard, à laquelle je ne pensais guère, je te le jure !

SUZANNE.

Je veux bien le croire... mais parrain a raison, tu n'es plus le même avec nous, tu as plus de plaisir dans la société des autres, celle de ce hussard par exemple... Tu es distrait, rêveur... j'ai peur qu'il ne te donne de mauvais conseils contre moi.

PASCAL.

Allons donc !... ah bien, il serait joliment reçu !... Non, non sois tranquille ; je me plais avec Beaulieu... parce que c'est un homme comme il faut... qui, avant d'être soldat, a mené une existence magnifique !

SUZANNE.

Oui, à Paris, où tu désires tant aller... Mais, vois-tu, Pascal, un pressentiment me dit que, si tu y vas, ton séjour dans cette ville sera funeste à notre amour.

PASCAL.

Moi, cesser de t'aimer, ma Suzanne !... oh ! non... mais j'avoue qu'en écoutant Beaulieu, je ne puis m'empêcher de regretter de n'avoir pas connu, comme lui, toutes les joies de la Capitale, ne fût-ce qu'un moment !...

SUZANNE.

Eh bien ! c'est mal, monsieur !... mais ce qui l'est davantage c'est d'avoir fait ton confident de cet homme. J'étais heureuse, quand ce secret n'était qu'à nous deux... et maintenant...

PASCAL.

J'ai eu tort, j'en conviens.

SUZANNE.

Mais que dirai-je à mon parrain, si confiant envers nous deux.

PASCAL.

Ce que tu lui diras ? c'est moi qui lui parlerai... Il faut que tu sois ma femme... je vais demander toutes les permissions nécessaires.

SUZANNE, avec joie

Vrai ?... oh ! je savais bien, moi, que ton cœur n'était pas changé...

PASCAL.

Changé !... pour qui me prends-tu ?

Air : *Tyrolienne.* (République de Platon.) J. NARGEOT.

Moi, changé !... non, jamais !
Tu règnes seule sur mon âme ;
Et, pour toi désormais,
Plus de craintes, plus de regrets !
Non, non, plus de regrets !

SUZANNE.

Ainsi, pas de traits !

PASCAL.

Non, je te promets
D'adorer toujours ma femme.

SUZANNE.

O doux ami !
Moi, je l' jure ici,
Mon seul favori
Sera toujours mon mari !

ENSEMBLE REPRISE.

PASCAL.

Moi, changé ! non, jamais ! etc.

SUZANNE.

Lui, changé ! non, jamais !
Je règne seule sur son âme ;
Et, pour moi désormais,
Plus de craintes, plus de regrets !
Non, non, plus de regrets !

SCÈNE VII.

LES MÊMES, MARCASSIN.

MARCASSIN, entrant par la droite, troisième plan.*

Eh bien ! avez vous assez causé, enfants ? (A Suzanne.) Tiens !... on dirait que tu as pleuré ?...

SUZANNE, essuyant gaîment ses yeux.

Oh ! c'est de joie, mon parrain. (Elle passe à gauche.)

MARCASSIN.**

A la bonne heure ! (Doucement à Pascal.) Si c'était d'autre

* Pascal, Suzanne, Marcassin.
** Suzanne, Pascal, Marcassin.

chose et que ce soit ta faute, mon chéri... viendrait mon tour de jaser avec toi...

PASCAL, riant.

Je ne demande pas mieux, j'ai justement quelque chose à te conter.

SUZANNE, baissant les yeux.

Oui, parrain, c'est lui qui vous dira...

MARCASSIN, à Pascal.

Eh bien ! on te confessera tout-à-l'heure... le service avant tout... le colonel te fait demander.

PASCAL.

Le colonel?...

MARCASSIN.

Tout de suite, tout de suite... Il faut que ça soit pour une bonne nouvelle, car lui qui n'a pas l'air aimable tous les jours, il paraissait radieux.

PASCAL.

Allons, j'y vais; à mon retour, vieux, tu sauras ce que nous avons tous deux sur le cœur... tu grogneras peut-être d'abord... mais faudra bien que tu t'apaises.

MARCASSIN, hochant la tête.

Savoir... savoir. (Il s'éloigne vers la droite.)

SUZANNE.

Vous me quittez aussi, parrain ?

MARCASSIN.

Oui, je vais prendre un peu l'air, en attendant qu'il revienne. (A part.) Ils ont beau dire, je me figure qu'il y a du louche !...

PASCAL.

Je file chez le colonel... A bientôt, vieux... à bientôt, ma jolie petite Suzanne.

Air de M. Dufort.

ENSEMBLE.

Chez l' colonel { je vais me / il faut te } rendre,
Et, quoique ça gêne souvent,
Un chef ne doit jamais attendre ;
Il passe avant
Le sentiment.

MARCASSIN, à part.

C'est singulier je ne suis pas tranquille...
Je sens queuqu' chos' qui me chiffonne à part...
Heureusement que pour passer ma bile,
J' vas r'trouver ce fendant de hussard.

REPRISE DE L'ENSEMBLE.

Chez l' colonel, etc.

(*Pascal serre la main de Marcassin, embrasse Suzanne et sort par le troisième plan à droite, pendant que le tambour-maître s'éloigne par le premier plan à droite.*)

SCÈNE VIII.

SUZANNE, puis BARNABÉ.

SUZANNE, seule.

Sa femme !... je vais être sa femme ! Ah ! ça me fait un drôle d'effet tout de même... plus de chagrin, plus de larmes... et mon parrain n'en voudra plus à Pascal... (Bruit dans la coulisse.) Quel est ce bruit ? (Elle va regarder au fond.) Ah ! c'est ce jeune paysan de tout-à-l'heure... (Riant.) Ah ! ah ! est-il drôle sous l'uniforme !... en voilà un qui aura de la peine à se faire à l'état militaire... Rentrons. (Elle rentre dans la cantine. — Au moment où elle sort on voit paraître Barnabé grotesquement habillé en uniforme, il a le fourniment et traîne gauchement son fusil. — Il arrive par le troisième plan à droite.)

VOIX AU DEHORS.

Charivari !... charivari !

BARNABÉ, à la cantonnade.

Nom d'un chien !... vous m'embêtez à la fin !... ah ! mais c'est que quand on se gausse de moi, je cogne !... et ma tante Modeste, elle vous arrangerait joliment !... (A lui-même.) Mais elle est allée du côté des dragons avec un brigadier qui a promis de lui faire voir la grande manœuvre. (Descendant.) Le fait est que je dois avoir l'air cocasse avec ces habits-là !... ce fusil surtout... Heureusement que j'ai mon idée... le sergent-major vient de me le confirmer... pour être reçu dans leur musique, il ne s'agit que de fournir un instrument à soi... et j'en ai un soigné... que ma tante ne connaît pas... une occasion superbe... je l'ai caché dans le coffre de la carriole... Pendant que ma tante est allée voir manœuvrer les dragons... je vais le chercher. (Il pose son fusil contre un arbre, sort en courant par la colline et se heurte contre Pascal, qui entre au même instant.)

PASCAL.

Maladroit !... imbécille !...

BARNABÉ, qui est tombé sur son derrière, se relevant.

Excusez, monsieur... (Il disparaît.)

SCÈNE IX.

PASCAL, seul, s'asseyant près de la table de gauche.

Ouf !... respirons un moment; je suis si troublé, si joyeux !... ce qui m'arrive est si inattendu, si extraordinaire... Une vieille dame, n'ayant qu'un neveu, fort mauvais sujet qu'elle veut déshériter, se rappelle, à son lit de mort, que mon père lui a sauvé la vie, pendant la campagne de France ; elle lui laisse toute sa fortune... et s'il n'est plus de ce monde, à ses héritiers... (Se levant.) Je suis riche !... cette existence que je rêvais, la Capitale et ses plaisirs m'attendent, si je veux !... Que dis-je !... il est indispensable que je me rende à Paris... on m'y appelle pour tout régler... le colonel m'en accorde la permission... je puis partir à l'instant... Partir !... et Suzanne !... la quitter !... au moment même où je viens de lui promettre... oh ! mais je reviendrai... riche... pour tous deux !... et quelle joie alors !... Mais si je la vois... si je lui parle de ce voyage à Paris... elle va s'inquiéter, pleurer, jeter les hauts cris !... elle croira que je vais me perdre, l'oublier... comme si c'était possible, ça !

SCÈNE X.

PASCAL, MODESTE.

MODESTE, entrant par le troisième plan, à droite.

Ces dragons sont magnifiques !... comme ça manœuvre !... Tiens, c'est mon petit caporal de chez la mère Gambille !... Eh ! mais qu'avez-vous donc ?... vous n'avez pas l'air de tantôt... est-ce parce qu'il n'y a plus personne ?

PASCAL.

Ah ! c'est qu'il y a un fier changement depuis tantot... une fortune, un héritage, qui me sont tombés du ciel !...

MODESTE.

Pas possible !

PASCAL.

Il faut que je parte à l'instant pour Paris... il n'y a qu'une chose qui trouble ma joie, c'est de quitter le vieux soldat avec lequel vous m'avez vu tout-à-l'heure et cette jeune fille...

MODESTE.

Voyez-vous ça !... le monstre !... vous y renoncez ! oh ! les hommes, les savoyards d'hommes !

PASCAL.

Y renoncer !... par exemple !... je reviendrai, madame... mais ce sont les adieux que je voudrais éviter... car je n'aurais plus la force...

MODESTE.

A la bonne heure... je comprends ça, car j'ai bon cœur, vous le savez bien... Attendez !... c'est à Paris que vous allez ; moi, je repars dans un instant, pour Saint-Loup... c'est ma route... je vous offre une place dans ma carriole... ah ça, mais à la condition que vous serez sage.

PASCAL.

Ah ! madame, que vous êtes bonne ! c'est ça, et aussitôt arrivé à Paris, une lettre bien tendre rassurera Suzanne. (Il remonte.)

MODESTE.*

Très-bien, le temps d'embrasser Barnabé et je filons... Ah! vous, pour éviter les cancans et qu'on ne vous voie pas d'ici-là... allez vous embarquer dans ma carriole... auprès du grand corps-de-garde... (Pascal va prendre son sac à l'entrée de sa tante et le met.) Oh! dans ce moment il y a un factionnaire superbe!... il voulait quitter le service pour entrer au mien... il voulait me conduire à Saint-Loup. (Haut à Pascal.) Une fois en route, je vous réponds que Babiole nous mènera bon train.

PASCAL, revenant près d'elle.

Eh bien! je vais vous attendre dans votre voiture.

MODESTE.

Soyez tranquille... vous ne m'attendrez pas longtemps.

ENSEMBLE.

Air : *Que le sort nous délivre.* (Poudre de Perlimpinpin. — Seizième tableau.)

PASCAL.

Non! non! point de faiblesse!
Il faut partir d'ici...
Du sort qui me caresse
Je suis tout étourdi. (*bis.*)
Mais celle que je quitte
Conservera mon cœur...
En route, allons bien vite
Lui chercher le bonheur! } (*bis.*)

MODESTE.

Comptez sur ma promesse,
Mon garçon, Dieu merci!
Quand le sort vous caresse,
Ce n'est pas à demi. (*bis.*)
Mais à la pauvr' petite
Conservez votre cœur...
En route! allez bien vite
Lui chercher le bonheur. } (*bis.*)

(*Pascal sort vivement par la colline.*)

SCÈNE XI.

MODESTE, puis SUZANNE.

MODESTE, seule, regardant s'éloigner Pascal.

Il est gentil tout plein, ce jeune caporal!... Il y en a peut-être qui lui en voudraient un peu à ma place... car il s'est montré pas mal entreprenant chez nous!... et moi qui suis une rieuse! Mais, bah!... (Ici, Suzanne sort de la cantine et va regar-

* Modeste, Pascal.

der du côté de la colline.) * je n'ai pas de rancune... Il m'intéresse avec ses amours... Ah ça ! oùs qu'est donc Barnabé?... (Elle se retourne et aperçoit Suzanne. — A part.) Tiens ! c'est la petite cantinière !.. pauvre chatte !... c'est qu'elle en tient pour de vrai ! (Haut.) Dites-moi, ma belle enfant, auriez-vous vu mon neveu ?

SUZANNE, descendant.

Il était ici, tout-à-l'heure, madame.

MODESTE.

L'imbécille ! me faire droguer comme ça, quand il sait que je suis pressée de repartir !

SUZANNE, à elle-même.

Pascal reste bien longtemps...

MODESTE, à part.

Elle fait comme moi... elle s'impatiente ! mais il reviendra... ils seront heureux... et un peu d'ennui est bientôt passé.

SUZANNE, avec impatience, à elle-même.

Que peut-il faire chez le colonel?

MODESTE.

Ah ! mon Dieu ! comme vous voilà agitée, ma petite !

SUZANNE.

C'est que j'attends Pascal, madame, et je me fais un mauvais sang...

MODESTE.

Je comprends ça. (A part.) Je vais la préparer. (Haut.) Mais, dans l'état militaire,.. vous le savez encore mieux que moi, vous qui en êtes... on ne fait pas toutes ses volontés... et peut être bien que votre Pascal aura été envoyé quelque part.

SUZANNE.

Il m'aurait prévenue.

MODESTE.

Et pouvoir ! justement que je l'ai aperçu qui sortait de chez le colonel, d'un air tout préoccupé.

SUZANNE.

Ah !... vous croyez, madame?

MODESTE.

Quelque ordre à porter... et pour peu que ça soit à la ville voisine... ou même plus loin...

SUZANNE.

Ah ! par exemple !

MODESTE.

Dame ! un colonel... ça ne se gêne guère... et une supposition qu'il lui aurait pris la fantaisie de lui dire : « Caporal « Pascal, prenez vos cliques et vos claques... et en route pour « Versailles... ou Paris... »

* Modeste, Suzanne

SUZANNE.

Paris ?

MODESTE.

Je dis Paris... comme je dirais Besançon... ou Strasbourg, bien entendu... mais enfin, toujours est-il qu'il faudrait marcher, et sans barguigner, pas vrai ?

SUZANNE.

Bien sûr... mais...

MODESTE.

Ah ! dame ! faut savoir prendre les choses du bon côté dans la vie de ce monde !

SUZANNE, agitée.

Comme vous dites ça, madame !... Est-ce que vous sauriez quelque chose?... est-ce que Pascal ?

MODESTE.

Mais du tout... je vous vois inquiète... et alors... (Changeant de ton.) Mais où est-il donc passé ce flaneur de Barnabé, quand il sait que je dois repartir ?... Si vous le voyez, dites lui que je vais jusqu'à l'auberge et que je repasserai par ici.

Air : *Polka de Couder.*

Au revoir, ma belle enfant !
A votr' gentillesse,
Croyez-moi, l'ciel s'intéresse ;
L' bonheur vous attend.

ENSEMBLE REPRISE.

MODESTE.

Au revoir, ma belle enfant ! etc.

SUZANNE, *à part.*

D'où vient qu'un pressentiment,
Malgré moi, m'oppresse ?
De Pascal j'ai la promesse ,
Le bonheur m'attend.

(*Modeste sort par le troisième plan à gauche.*)

SCÈNE XII.

SUZANNE, puis BARNABÉ.

SUZANNE, seule.

Cette femme m'a toute bouleversée avec ses paroles !... et Pascal qui ne revient pas !... Au fait, qu'est-ce que le colonel pouvait lui vouloir ?... il choisit bien le moment, pour l'envoyer n'importe où... je suis d'une impatience... ah ! mon colonel !...

Air de M. DUFORT.

Ça d'vient tyrannique,
J' voud l' dis, mon colonel,

Si c'est votr' naturel,
Sans craindre ma critique,
Montrez-vous despotique,
Avec les lieutenants...
Les tambours, la musique,
Et les sapeurs, et les sergents. (*bis.*)
Qu' les autr's caporaux,
Aux moindres signaux,
Aillent trotter sans réplique...
Ça m'est égal,
Oui, bien égal ! } *bis.*
Mais ça s' pass'ra mal,
Si vous m' prenez Pascal !
Mais ça s' pass'ra mal,
Oui, ça s' pass'ra mal,
Ça s' pass'ra mal,
Si vous m' prenez Pascal !

(*Barnabé arrive par la colline. — Il tient un serpent.*)

BARNABÉ, à lui-même.*

Oh ! ces militaires, ça a-t-il peu de goût pour la musique !... un amour de serpent, que ça vous va z'à l'âme !... (Il souffle dans son serpent.)

SUZANNE, se retournant.

Tiens !... qu'est-ce que c'est que ça ?

BARNABÉ.

C'est moi, mam'selle... moi et mon instrument... (Il montre son serpent.) Moyennant de quoi, j'espère être admis dans la musique du régiment, au lieu de porter le fusil et de monter la garde... Bouquin dit que j'ai beaucoup de dispositions... (Il pousse une note.) Vous voyez bien cette note là... comme c'est moëlleux !... eh bien ! pourtant, on n'en veut pas dans la musique militaire... j'ai t'y du guignon !... on m'a dit qu'il fallait acheter un *phocléide*... un fort *phocléide*...

SUZANNE.

C'est dommage ! mais votre tante s'impatientait tout-à-l'heure après vous... elle va revenir vous faire ses adieux.

BARNABÉ, amèrement.

Ses adieux !... nom d'un chien !... ils sont gentils, ses adieux elle peut bien partir, ma tante !... faudrait que je soie un fier sans cœur, si je la regrettais ! (Il souffle avec colère dans son instrument.)

SUZANNE, se bouchant les oreilles et passant à gauche.

Ah ! grâce !... mais qu'est-ce que votre tante vous a donc fait ?

* Barnabé, Suzanne.

BARNABÉ. *

Ne me le demandez pas!... voilà une heure que je souffle là-dedans pour n'y plus penser. (Pleurant.) Hi! hi! hi! j'ai t'y du regret!

SUZANNE.

Mais enfin, qu'est-ce qu'il y a? parlez!

BARNABÉ.

Il y a que ma tante Modeste a des allures...

SUZANNE.

Des allures...

BARNABÉ.

Tout-à-l'heure, j'étais allé chercher cet instrument dans le coffre de la carriole... je trouve la carriole fermée!... je veux ouvrir... ça résiste en dedans... je force, ça s'ouvre... et qu'est-ce que je trouve? un homme!

SUZANNE.

Un homme?

BARNABÉ.

C'est-à-dire... je me trompe... c'était pas un homme... c'était un caporal!

SUZANNE, un peu frappée.

Un caporal?

BARNABÉ.

Il commence par m'envoyer un coup de poing par la figure... je veux me rebiffer... il me saisit au gaviot! « Animal, qu'il « me dit, dit-il, si je suis ici, c'est d'accord avec ta tante... je « pars tout-à-l'heure avec elle... dis-lui tout bas qu'elle se dé- « pêche! » Là-dessus, il me jette mon instrument au nez... accompagné d'un coup de pied... autre part... mais je l'ai senti tout de même! si bien que j'en suis resté abasourdi, ahuri!... il s'est renfermé dans la carriole.. et me voilà! Ah! nom d'un chien!

SUZANNE.

Et ce caporal?

BARNABÉ.

C'est celui qui était avec le receveur général, pour ceux qui se mouchent, vous savez bien... celui qui était là, ce matin!

SUZANNE, avec un cri.

Pascal! (Elle tombe assise près de la table de gauche.)

BARNABÉ, courant à elle.

Mam'selle!... mam'selle!... qu'avez-vous donc? Eh ben!... et du secours! (Il pose son serpent sur la table et entre vivement dans la coulisse.)

SUZANNE, seule.

Voilà donc le sens des discours de cette femme, auxquels je n'ai rien compris tout-à-l'heure!... Il l'aime, c'est clair... c'est

* Suzanne, Barnabé.

lui qu'elle est venue chercher ici! (Se levant et gagnant la droite.) Après les serments qu'il vient encore de me faire! (Ici, Barnabé sort de la cantine, en tenant à la main un verre de vin qu'il apporte à Suzanne; voyant que celle-ci est revenue à elle, il avale tranquillement le verre de vin.) * Allons, allons, il ne s'agit pas de pleurer!... Oh! mais je ne me laisserai pas trahir ainsi!... je saurai me venger! (A Barnabé.) et vous m'y aiderez!

BARNABÉ.

Moi? (Il pose son verre sur la table et reprend son serpent.)

SUZANNE, impétueusement.

Ils ne sont pas encore partis!... il faut nous entendre... Pour les punir... il faut que nous soyons d'accord!

BARNABÉ.

Ça va! soyons d'accord. (Il souffle dans son serpent.)

MARCASSIN, en dehors.

Mille tonnerres!

SUZANNE, vivement.

Silence! mon parrain!

BARNABÉ, à part.

Mais oùs qu'est donc ma tante? (Il remonte en regardant de côté et d'autre.)

SCÈNE XIII.

LES MÊMES, MARCASSIN.

MARCASSIN, entrant sans les voir par le troisième plan à droite, à lui même. **

V'là un coup d'épée qui me procure plus d'agrément que je ne pensais... grâce à la confidence de ce beau hussard... gamin de Pascal! brigands d'enfants!

SUZANNE, à part.

Que dit-il?

MARCASSIN, à part, apercevant Suzanne.

La voilà! (Haut, après s'être approché d'elle.) Suzanne, ton père t'avais confiée à ma garde...

SUZANNE, à part.

Il sait tout! (Haut.) Ah! pardon!

MARCASSIN, brusquement.

Oui, je te pardonne... car toi, tu n'es qu'une femme... c'est fragile... mais lui! un soldat! un enfant que je chérissais!

SUZANNE.

Parrain!

MARCASSIN, d'une voix sourde.

Maintenant, il n'y a pas de milieu... il faut qu'il t'épouse... et tout de suite... ou que je le descende!

* Barnabé, Suzanne.
** Barnabé, Suzanne, Marcassin.

SUZANNE, tremblante, à part.

Qu'allais-je faire?

MARCASSIN.

Ah ça, où est-il donc, ce Pascal? où l'as-tu fourré?

BARNABÉ, redescendant.

Pascal? le caporal Pascal! ah ben! si vous saviez...

SUZANNE, bas à Barnabé et vivement.

Taisez-vous! (A part.) mon parrain le tuerait! (Elle va parler bas à Marcassin.)

BARNABÉ, à part.

Comment! elle m'impose silence! (Haut, à Suzanne.) Mais, mam'zelle...

MODESTE, en dehors.

Mais où est-il donc?

BARNABÉ, à part.

Dieu! ma tante! ayons encore la délicatesse de lui cacher mon serpent. (Il met son serpent sur la table de gauche. — Modeste entre par la gauche, troisième plan. — Des soldats de toute arme entrent peu à et garnissent le fond.)

SCÈNE XIV.

LES MÊMES, MODESTE, SOLDATS.

MODESTE, apercevant Barnabé.

Ah! je te retrouve enfin, imbécille! voyons, embrasse-moi donc, grand nigaud... et que je m'en aille! (Musique à l'orchestre jusqu'au morceau suivant.)

BARNABÉ, pleurant.

Oui... ma tante... hi! hi! hi! (Il l'embrasse.)

MODESTE.

Pas de bétises!... adieu, mon garçon, adieu!.. (Elle passe près de Marcassin.)

BARNABÉ, bas à Suzanne.**

Mam'selle... rappelez-la donc... dites plutôt...

SUZANNE.

Eh bien! oui... je parlerai... (A Modeste.) Madame, ne croyez pas qu'on vous laissera partir ainsi!..

BARNABÉ, pleurant.

Hi! hi! hi! hi!..

MODESTE, sans écouter Suzanne, ne s'occupant que de Barnabé et passant à droite, à elle-même.

Pauvre garçon!.. Il me fend le cœur!..

* Barnabé, Modeste, Suzanne, Marcassin.
** Barbané, Suzanne, Modeste, Marcassin.

MARCASSIN, à Barnabé. *

Allons, te voilà soldat... plus de pleurnicheries !.. (A Suzane.) Et toi, Suzanne, ça ne te regarde pas... viens avec moi retrouver Pascal.

SUZANNE, effrayée, à elle-même.

Que faire ?.. Et pourtant le laisser partir avec cette femme!.. Impossible!..

MARCASSIN, à Modeste, qui lui parlait bas.

Bon voyage, petite mère. (A Suzanne.) Viens, finissons-en... (La regardant.) mais comme tu es pâle!.. qu'est-ce qu'il y a encore?..

SUZANNE.

Rien, rien, parrain... c'est que Pascal...

MARCASSIN.

Il n'y a pas de Pascal qui tienne!.. viens, que je te dis... ou j'irai lui parler tout seul.

SUZANNE, vivement.

Je vous suis, parrain. (A part, douloureusement.) Tout est fini... mais au moins je l'aurai sauvé !..

MODESTE, à Suzanne.

Allons, adieu, ma belle enfant; portez-vous bien.,. (A Marcassin.) et vous, pareillement, mon brave !.. (Passant près de Barnabé.) ** Au revoir, Barnabé... n'oublie pas ta tante... et surtout dégourdis-toi.

ENSEMBLE.

Air : *Berce, berce, bonne grand'mère.*

MODESTE.

Je m'en vas :
Il m'faut du courage !..
Je m'en vas :
Ne me retiens pas.

BARNABÉ.

N' partez pas !
C'est-c' qui m'encourage.
N' partez pas,
Car c'est mon trépas!

MARCASSIN, à Suzanne.

Suis mes pas ;
J' veng'rai ton outrage.
Suis mes pas,
Et ne tardons pas.

SUZANNE, à part.

J' suis ses pas,
Il m'faut du courage
J' suis ses pas,
Mais je tremble, héla

LES SOLDATS, à Barnabé.

N' la r'tiens pas...
Il faut du courage !
N' la r'tiens pas,
Et pas tant d'hélas !

(Pendant le milieu de l'air, Modeste fait ses adieux aux soldats.

* Barnabé, Suzanne, Marcassin, Modeste.
** Barnabé, Modeste, Suzanne, Marcassin.

BARNABÉ, à part.

J'ai t'y du r'gret!.. pour moi triste présage!...
Si j' perds, hélas!
La têt' dans les combats,
Comment que j' vas,
Retourner au village?..
La têt' de moins... je n'y survivrai pas!

REPRISE DE L'EMSEMBLE.

(*Marcassin et Suzanne sortent par le troisième plan à droite; Modeste s'éloigne par la colline. — La musique continue à l'orchestre.*)

MODESTE, sur la colline. *

Adieu, Barnabé.

BARNABÉ, pleurant.

Adieu, ma tante!

MODESTE.

Dégourdis-toi!... (Elle sort.)

BARNABÉ, venant reprendre son serpent d'un air désespéré.

Oh! les tantes!... les tantes!... mais je me dégourdirai un jour... j'aurai des moustaches aussi... et elle voira... elle se repentira... l'ingrate!... (Il se met à souffler avec rage dans son serpent. — Tous les soldats l'entourent en riant. — Le rideau tombe.)

Fin du premier acte.

ACTE II.

Une chambre rustique à la ferme de Modeste. — A gauche, un bureau, des registres et ce qu'il faut pour écrire, large fenêtre, d'où l'on aperçoit la campagne, à droite, au deuxième plan. — Grande porte au fond conduisant au dehors. — A gauche, deux autres portes, premier plan et deuxième plan. — A droite, une quatrième porte, au premier plan. — Chaises communes.

SCÈNE I.

BEAULIEU, puis GUILLAUME.

BEAULIEU, la cravache à la main.

Bastien! Guillaume! chiens de fainéans, arriverez-vous quand j'appelle!

* Barnabé. Modeste.

GUILLAUME, du dehors.

Me v'là, me v'là, monsieur Beaulieu ! c'est que je m'habillons.

BEAULIEU.

Etre servi par des pareils lourdauds quand on a eu un groom et valet de chambre si parfaitement dressés. Ah ! quand je serai le maître ici, je changerai tout ça... (Regardant au fond.) Enfin, en voilà un, c'est heureux !

(Guillaume entre par le fond en se boutonnant.)

GUILLAUME. *

Bon ! je m'ai tant pressé que j'en ons cassé deux boutons...

BEAULIEU.

Je vais à la ville, qu'on avertisse madame que je veux lui parler auparavant.

GUILLAUME.

Madame ! elle n'est point z'encore levée.

BEAULIEU, levant sa cravache.

Allons plus vite que ça... ou gare la cravache !

GUILLAUME.

Ne vous fâchez point, monsieur Beaulieu... j'allons gratter ben doucement à la porte.

BEAULIEU.

C'est ça, gratte... mais tâche de te dépêcher, ou c'est moi qui te gratterai les épaules ! (Il le menace de sa cravache. — Guillaume passe à gauche.—Appelant.) ** Bastien ? où est Bastien ?

GUILLAUME.

Bastien ?... il prépare une chambre pour des militaires qui devont loger ici... il doit passer un régiment tantôt.

BEAULIEU.

Dis-lui d'abord, de mettre ma selle sur le dos de Coco... c'est bien pataud ; mais en attendant mieux...

GUILLAUME.

Coco !... mais c'est que...

BEAULIEU, levant sa cravache.

Dépêchons !

ENSEMBLE.

Air : *Moi je pars de ce pas.* (Ferme de Primerose.)

BEAULIEU.

Morbleu, prends garde à toi !
Ou si je prends ma cravache,
Je t'apprendrai, ganache,
Plus d'empressement pour moi !

* Beaulieu, Guillaume.
** Guillaume, Beaulieu.

GUILLAUME, à part.

Dieu ! qu'il est dur pour moi !
Pourquoi faire sa cravache ?
Me traiter de ganache !
J' vous d'mande un peu pourquoi ?

(Guillaume sort par le fond.)

SCÈNE II.

BEAULIEU, seul.

Oh ! oui, j'ai hâte d'arriver à la ville... il faut que je voie ce notaire qui semble apporter des lenteurs à plaisir... on dirait que ma belle fermière elle-même, au moment de conclure... Et cette procuration, que je n'ai pu encore la déterminer à me signer... et cependant, il le faut... Envoyé en remonte dans ce pays, j'y retrouve cette accorte villageoise avec laquelle je renouvelle notre ancienne connaissance du camp... mon uniforme, ce je ne sais quoi qui fascine les femmes me rendent bientôt maître de son cœur... Aussi je me décide... il n'y a que les écus de ma fringante fermière qui puissent me retirer du guêpier où je me suis fourré... Quatre mille francs, imprudemment joués et perdus sur parole !... maudit coup de cartes ! chance infernale ! venir se faire plumer ici... à Saint-Loup... c'est humiliant... et le criard qui me les a gagnés me poursuit partout pour le paiement de cette dette d'honneur; il me menace d'écrire au régiment... je serais perdu ! épousons donc morbleu ! épousons ! Une fois payé, ce sera mon tour de demander compte à ce manant de ses avanies.

SCÈNE III.

BEAULIEU, GUILLAUME.

GUILLAUME, rentrant par le fond. *

Monsieur Beaulieu, la bourgeoise est levée, je viens de l'apercevoir à sa fenêtre.

BEAULIEU.

C'est bon, Coco est-il sellé ?

GUILLAUME.

La pauvre bête est sur la litière d'oùs qu'alle ne peut bouger ni pied ni patte.

BEAULIEU, agitant sa cravache.

Imbécille... je vais voir ça, et si c'est ta faute je te corrigerai pour t'apprendre à soigner un cheval. (Il sort par le fond.)

GUILLAUME, seul.

Je te corrigerai ! est-il brutal !... l'est-il ! (S'assurant que Beau-

* Guillaume, Beaulieu.

lieu est loin.) Je n'ons point peur, entendez-vous... et je savons soigner un cheval aussi bien que tous les z'hussards possibles. Et dire que celui-là commande ici ni plus ni moins que si c'était déjà le bourgeois... Dieu faut-il que madame soit... (On entend claquer un fouet au dehors.) Qu'est-ce que c'est que ça? (Il s'approche de la fenêtre.) une superbe chaise de poste qui descend la côte d'un train... Allons, bon! encore une qui va se crever... Si je criais au postillon de se méfier du pavé là-bas... (Criant.) Hé! l'ami... (Tranquillement.) c'est pas la peine... patatra! les voilà versés! (D'un air satisfait.) Ça m'aurait bien étonné si ça avait manqué... bah! le postillon n'a point zévu de mal... voilà le bourgeois qui se relève, il boîte un peu, mais il jure beaucoup; c'est un particulier bien mis tout de même.

PASCAL, en dehors.

Imbécille!... fichu maladroit!...

GUILLAUME.

Il vient par ici... (Quittant la fenêtre.) J'allons prévenir la bourgeoise. (Il va pour sortir par la gauche, mais Pascal entre par le fond et il s'arrête.)

SCÈNE IV.

GUILLAUME, PASCAL, riche costume de voyage.

PASCAL, entrant à la cantonnade.

Tu ne pouvais pas faire attention!... (Descendant la scène.) Cet animal-là a failli me casser le cou... la chaise de poste a une roue brisée... (Il s'assied à droite.)

GUILLAUME.

C'est la troisième depuis la Chandeleur, monsieur; c'est la route qui veut ça...

PASCAL.

Ah! c'est la route qui veut...

GUILLAUME, d'un air riant.

Oui, monsieur, il y a un charron tout exprès...

PASCAL, souriant.

Voyez-vous ça!...

GUILLAUME.

Oui, m'sieur, à une portée de fusil de la ferme... et pour les ceux qui a quelque chose de cassé soi-même, nous avons le père Guinchet, le rebouteux, qui ne demeure qu'à une petite lieue d'ici, si monsieur veut...

PASCAL, se levant et passant à gauche.

C'est charmant!... mais j'espère n'avoir pas besoin de ses soins, quoique la jambe me fasse un peu de mal.

GUILLAUME.*

Ah ! ne vous mettez point z'en peine... madame a ici du vilnéraire et tout ce qu'il faut. (Regardant à gauche.) Justement la voilà !... (Il passe près de Modeste qui entre par la deuxième porte à gauche.)

SCÈNE V.

LES MÊMES, MODESTE.

MODESTE, entrant.**

Qu'est-ce qu'il y a, Guillaume ?

GUILLAUME, riant.

Rien, bourgeoise ; encore un accident sur la route !... (Il sort par le fond.)

PASCAL, s'approchant de Modeste.

Oui, madame... et vous en voyez la victime.

MODESTE.***

Ciel de Dieu !... c'est-il possible !... lui !...

PASCAL.

Madame Modeste !...

MODESTE.

Mon petit caporal qui a voyagé dans ma carriole !... ah ! ça, quoique vous êtes donc devenu depuis deux ans, monsieur ?... vous aviez tant promis de garder ma souvenance et de m'écrire...

PASCAL.

Oui, j'ai tort et je vous en demande sincèrement pardon, ma bonne dame Modeste... mais depuis ce temps si vous saviez comme j'ai vécu dans ce Paris que je brûlais tant de visiter.

MODESTE.

Oh ! je comprenons... les plaisirs... les fêtes...

PASCAL.

Oui... mais ce n'est pas avec vous que j'ai été le plus coupable... il est une autre personne...

MODESTE.

La petite cantinière ?... Comment, monsieur, vous l'avez abandonnée ?

PASCAL.

Chaque jour, au milieu des folles orgies, je me disais... demain, j'écrirai... je partirai... et le lendemain, de nouvelles distractions, de nouveaux plaisirs... me faisaient remettre encore.

MODESTE.

Fi ! monsieur !... c'est indigne ! c'est affreux !

* Pascal, Guillaume.

** Modeste, Guillaume, Pascal.

*** Modeste, Pascal.

PASCAL.

J'en suis assez puni, allez !... dupé par les uns et par les autres, j'ai quitté ce Paris que je croyais la terre promise... je vais en Suisse, où m'attendent quelques amis... si l'on peut donner ce nom à ceux que j'ai rencontrés dans le monde.

MODESTE.

Ah ! oui, les amis !... les parents !...

PASCAL.

Auriez-vous aussi à vous en plaindre ?

MODESTE.

Dame !... quand il n'y aurait que cet ingrat de Barnabé !... Croiriez-vous qu'il n'a pas répondu à une seule de mes lettres ?... il me boude enfin... et je ne savons pas pourquoi. Aussi, j'ons trouvé un bon moyen de le faire enrager à mon tour... j'allons me marier, sans y rien dire.

PASCAL.

Vous marier?

MODESTE.

Oui, et puisque vous voilà, vous serez de la noce... ça chassera vos idées noires... Ah ! c'est égal, sans l'ingratitude de Barnabé, jamais je n'aurions songé... Allons, on aura tout le temps de raccommoder votre voiture .. j'allons faire porter ici vos bagages. (Elle remonte.)

PASCAL.*

Ne vous donnez pas cette peine... j'y veillerai moi-même.

MODESTE.

A votre volonté. (Ouvrant la porte de droite.) Voilà une chambre qu'est bien à votre service, tant qu'il vous conviendra d'y rester.

PASCAL.

Vous êtes mille fois trop bonne... et, puisque vous le permettez, je vais chercher mes malles.

MODESTE.

Air de M. Dufort.

Bientôt votre mélancolie
Aura disparu, grâce à nous.

PASCAL.

Ici, quand je trouve une amie,
Déjà mon sort devient plus doux.

MODESTE.

Le calme d'une chaumière
Adoucit bien des douleurs.

PASCAL.

Surtout, quand gente fermière
En fait si bien les honneurs.

* Pascal, Modeste.

ENSEMBLE.

MODESTE.

Bientôt votre mélancolie
Aura disparu, grâce à nous ;
Puisque de revoir une amie,
Votre sort est déjà plus doux.

PASCAL.

Ah ! puisse ma mélancolie
Disparaître, grâce à vous !
Ici, quand je trouve une amie,
Déjà mon sort devient plus doux.

(Pascal sort par le fond.)

SCÈNE VI.

MODESTE, puis BEAULIEU.

MODESTE, seule.

Pauvre garçon !... comme il est changé ! comme il est triste ! C'est drôle, moi même, je me trouve toute chose... il me semble pourtant que quand on va se marier... un si bel homme !... c'est peut-être pour ça que ça m'effraye... et malgré moi, je pensons queuqu' fois que c'est pour mon bien qu'il m'épouse... oh ! fi donc !...

Air du *premier Prix.*

J'ons une ferm', de bonn's pièc's de terre...
Au grand jour s'étal' mon avoir...
Mais le soir quand je m' considère,
Tout à mon aise, en mon miroir...
Malgré moi, lorsqu' je m'admire,
Chaque matin, à mon réveil...
Sans vanité, je peux me dire :
« Tout mon bien n'est pas au soleil ! » *(bis.)*

BEAULIEU, entrant par le fond à la cantonnade.

Butors ! brutes ! imbéciles !...

MODESTE, à part.*

Ah ! mon Dieu, le voilà !... encore en colère... A qui donc en avez-vous, mon ami ?

BEAULIEU.

A qui ?... parbleu à ces deux sauvages de Bastien et de Guillaume... voilà la seule bête un peu propre qu'il y ait ici, hors de service... c'est votre faute aussi !

MODESTE.

Ma faute !

* Beaulieu, Modeste.

BEAULIEU.

Oui, vous les soutenez!... mais, corbleu! j'y mettrai bon ordre!

MODESTE.

Mon ami, ne vous fâchez pas... si Coco est malade, on peut atteler Babiole à la carriole.

BEAULIEU.

La carriole!... c'est du propre... un hussard en carriole!... mais... j'ai absolument affaire à la ville... il s'agit de ce pouvoir qu'il faut enfin que vous me signiez...

MODESTE.

Ah! ce pouvoir... c'est que...

BEAULIEU.

Encore des mais, des si, des car!... ah! puisque vous reculez toujours, je vois bien que vous avez changé d'avis... et je sais ce qu'il me reste à faire...

MODESTE.

Roland!... je signerai! je signerai!

BEAULIEU, à part.

Allons donc!... (La conduisant au bureau.) Savez-vous quel est mon but après tout?... notre mariage... rien que notre mariage!... (Il la fait asseoir, tire un papier de sa poche, le pose devant elle sur le bureau et lui indique la place où elle doit signer.) Tenez, là...

MODESTE, signant.*

Méchant!... il faut que je vous aime bien... moi qui suis accoutumée à commander...

BEAULIEU, reprenant le papier.

Et vous commanderez toujours, ma reine! ne serai-je pas le premier de vos esclaves?

MODESTE, se levant.

Vrai?... à la bonne heure! voilà que vous redevenez aimable...

BEAULIEU.

Maintenant faisons atteler la carriole, puisqu'il le faut.

MODESTE.

Vous partez?

BEAULIEU.

A l'instant, et je reviens à vos pieds, ma déesse. (Il va pour sortir et revient à la droite de Modeste.)** Ah!... vous savez que j'ai fait une assez jolie chasse hier... tâchez qu'à mon retour mon gibier soit cuit à point. Vous y ferez honneur, je l'espère, car nous souperons en tête-à-tête, et nous passerons une délicieuse soirée.

* Modeste, Beaulieu.
** Beaulieu, Modeste.

MODESTE.

Ça va... mais, quand vous serez chez le notaire, n'oubliez pas que je voulons que Barnabé ait quelque chose... c'est un ingrat... un monstre... mais je tenons à ce qu'il lui reste de quoi vivoter.

BEAULIEU.

Soyez donc tranquille... j'arrangerai tout ça.

MODESTE.

Ah! il faut que je vous dise aussi que j'ons invité un ami à rester ici pour notre noce.

BEAULIEU.

Un ami?

SCÈNE VII.

LES MÊMES, PASCAL, GUILLAUME, BASTIEN.

(Ces deux derniers portent les bagages de Pascal. — Il entrent tous les trois par le fond.)

PASCAL, entrant le premier, et montrant la chambre de droite.*

Par ici!... voici la chambre qui m'est destinée. (Les valets entrent à droite, avec les bagages.)

MODESTE, à Pascal. **

Arrivez, que je vous présentions à mon futur mari.

PASCAL, saluant Beaulieu.

Monsieur... (Le reconnaissant). Beaulieu!

BEAULIEU.

Pascal!

MODESTE.

Tiens!... c'est juste, vous vous connaissez. (Elle va s'asseoir au bureau et parcourt un registre.)

BEAULIEU, à Pascal.***

Enchanté, mon cher!... diable!... vous voilà devenu tout à fait dandy... Il paraît que vous avez bien mené l'argent de ma respectable tante, qui m'a déshérité à votre profit!

PASCAL.

Monsieur... j'ignorais...

BEAULIEU.

Pardon, si je ne vous adresse pas à présent tous les remerciements que je vous dois... mais nous en causerons, mon cher!

PASCAL, fièrement.

Quand vous voudrez, mon cher!

* Beaulieu, Modeste, Bastien, Guillaume, Pascal.
** Beaulieu, Modeste, Pascal.
*** Modeste, Beaulieu, Pascal.

BEAULIEU, à Modeste.

Venez, ma reine, venez, si vous tenez à me voir monter en carriole. (Modeste se lève.)

ENSEMBLE.

Air : *Bon voyage.* (Perlimpinpin.— Dix-huitième tableau.)

BEAULIEU ET MODESTE.

En carriole
Je m' / Il s' } envole. } *(bis.)*
C'est un vrai traquenard,
Pour un fringant soudard.
Un hussard !
Ma parole,
Je m' / Il s' } immole ! } *(bis.)*
Mais { je ne veux / il ne veut } plus de retard ! *(bis.)*

PASCAL, à part.

En carriole
Qu'il s'envole ! } *(bis)*
Mais, avant mon départ,
Je verrai ce hussard
Goguenard !
Ma parole,
Sa gloriole } *(bis.)*
Mérite une leçon plus tard. *(bis.)*

(Beaulieu et Modeste sortent par le fond.)

SCÈNE VIII.

PASCAL, puis GUILLAUME et BASTIEN.

PASCAL, regardant sortir Beaulieu.

L'insolent !... il me reproche cette fortune... Ah ! pour le bonheur qu'elle m'a procuré...

GUILLAUME, sortant de la chambre à droite, avec Bastien.*

C'est arrangé, monsieur.

PASCAL, lui donnant une pièce d'or.

Bien, mon garçon, voici pour vous. (Il entre dans la chambre de droite.)

GUILLAUME, regardant la pièce d'or avec Bastien.**

Un jaunet ! en voilà un qui est généreux !... c'est pas comme ce méchant hussard qui n'a jamais à la main que sa cravache.

* Pascal, Guillaume, Bastien.
** Bastien, Guillaume.

Vite, dépêche-toi, Bastien, d'aller prévenir le charron pour la voiture... il y aura peut-être encore quelque chose pour boire.

(Bastien sort par le fond.)

SCÈNE IX.

GUILLAUME, puis BARNABÉ.

GUILLAUME, seul, regardant toujours la pièce d'or.

Un jaunet !... quel dommage qu'il faille partager avec ce grand bêtat de Bastien ! En ajoutant ça à mes gages et à mes autres pour-boires, combien que ça peut ben me faire à la Noël. (Il compte sur ses doigts.) J' vas toujours mettre ça avec le reste. (Il sort par la première porte à gauche. — A ce moment entre Barnabé, vêtu en musicien de régiment, et tenant un énorme ophycléide à la main ; il a des moustaches et une impériale, et paraît sensiblement dégourdi.)

BARNABÉ, à lui-même, entrant par le fond.

Personne ne m'a vu entrer... Ah ! nom d'un bécarre ! que c'est bête !... j'ai le cœur sans dessus-dessous !... (Il pose son ophycléide sur une chaise à droite.) Ah ! c'est que quand la colonne est arrivée sur la hauteur là-bas et que j'ai aperçu le clocher du village, ça m'a révolutionné... que j'en ai fait un couac incompatible... et puis j'ai pris le galop pour arriver plus vite... Ah ! que c'est bête !... voilà maintenant mes jambes qui s'en va dessous moi comme du coton.

GUILLAUME, rentrant et l'apercevant. *

Tiens ! par où donc qu'il est entré celui-là ?

BARNABÉ, le reconnaissant.

Guillaume ! c'est Guillaume ! mais viens donc ici que je t'embrasse ! (Il lui saute au cou.)

GUILLAUME, se dégageant.

Ah ! mais... ah ! mais... vous m'étranglez, militaire.

BARNABÉ.**

Ça ne fait rien... que je t'embrasse encore, mon pauvre Guillaume. (Même jeu.)

GUILLAUME.

Pas de bêtises, militaire ! vous me piquez avec vos moustaches !

BARNABÉ.

Comment tu ne me reconnais pas ?

GUILLAUME.

Si je vous reconnais ? attendez donc...

* Guillaume, Barnabé.
** Barnabé, Guillaume.

BARNABÉ.

Barnabé. (Criant.) C'est Barnabé !

GUILLAUME.

Ah ! bon Saint-Guignollet ! c'est pas possible !

BARNABÉ.

Il est péremptoire que c'est moi ! c'est bien moi ! et ma tante? et Bourriquet?... et la grande noire ? et le petit roux? et Bastien ? et toutes les bêtes ?... Comment vous portez-vous ?

GUILLAUME.

Mais pas mal... et vous?.., comme vous êtes changé, bon Saint-Maclou !

BARNABÉ.

Pas vrai? le physique a gagné... ah ! dame ! je n'ai pas ménagé le pain *d'amonition* pour ça.

GUILLAUME.

Et vous vous plaisez au régiment?

BARNABÉ.

Particulièrement, z'en particulier... vu que j'en suis un des êtres les plus aimables... et les plus aimés... J'ai fait mon chemin avec l'instrument que tu entreperçois. (Il va prendre son ophicléide et le présente à Guillaume.)

GUILLAUME, reculant.

Hein ! pas de bêtises !

BARNABÉ.

Imbécille ! c'est un ophicléide du plus fort calibre... après ça, il n'y a plus que l'artillerie... de siége.

GUILLAUME.

C'est-y chargé ?

BARNABÉ.

Guillaume! que vous êtes... villageois ! ça n'est chargé que de sons vaporeux, ténébreux et caverneux ! si tu veux que je t'en pince un solo en réjouissance ? (Il souffle quelques notes.)

GUILLAUME, se sauvant à droite.

Non, non !... merci.

BARNABÉ. *

Ça sera pour plus tard. (Il pose son instrument sur le bureau.)

GUILLAUME.

Ah ! ça, pourquoi que vous n'avez pas écrit à votre tante ?

BARNABÉ.

Pourquoi?... ah ! parce que... j'avais des raisons intermittentes, préopinantes... et... fulminantes !... mais à présent que je me retrouve au pays... voilà ma rancune qui se fond... qui se fond !... et rien qu'à l'idée que je vais revoir ma tante Modeste... je sens que je pleure... (Sanglotant.) Hi ! hi ! hi ! ne-

* Barnabé, Guillaume.

fais pas attention, c'est de joie... c'est de joie... (Guillaume s'attendrit prend son mouchoir et va pour se moucher. — Barnabé lui tire son mouchoir.) Minute !...

GUILLAUME.

Quoi donc?

BARNABÉ.

C'est cinq sous.

GUILLAUME.

Cinq sous?

BARNABÉ.

C'est le prix pour un civil qui se permet de se moucher inconsidérément devant un troupier français.

GUILLAUME.

Cinq sous !... merci ! (Il se retourne et se mouche sur sa manche.) Cinq sous... c'est que...

BARNABÉ, le faisant passer à sa droite.

Allons, je te fais crédit, imbécille !...

SCÈNE X.

LES MÊMES, PASCAL.

PASCAL, entrant par la droite. *

Décidément, je ne veux pas rester ici... et aussitôt que ma voiture sera réparée... (Il va regarder à la fenêtre.)

BARNABÉ, voyant Pascal.

Qu'est-ce que c'est que ce paroissien là ?... (Le reconnaissant.) Ah ! nom d'une clarinette !... c'est lui !... c'est bien lui !... ce méchant caporal qui m'a enlevé ma tante... je le retrouve intercalé z'ici !... ah ! cristi !... nous allons rire un moment !... (Il saisit son ophicléide et semble dans sa fureur vouloir le jeter à la tête de Pascal; Guillaume le lui retire des mains et le remet sur le bureau.)

PASCAL, se retournant au bruit.

Qu'y a-t-il donc?... (Voyant Barnabé.) Que vois-je?... un militaire de mon régiment !...

BARNABÉ, à Pascal.

Vous ne me remémorez pas?...

PASCAL.

Pas du tout.

BARNABÉ, avec feu.

Mais je vous remémoire... moire... moire... moi !... c'est vous qui faisiez payer, dans le temps, les gens pour qu'ils se mouchent... mais à présent, je ne suis plus si jobard... je me mouche à l'œil... et je mouche aussi les autres... au même prix !

PASCAL.

Hein?... que voulez-vous dire?

* Guillaume, Barnabé, Pascal.

BARNABÉ.

Que je suis le neveu de ma tante... et que nous avons un compte à régler toutes les deusses !

PASCAL.

Un compte avec vous ?

BARNABÉ.

Oui, oui !... vous avez donc oublié le coup de poing de par devant la carriole... et le coup de pied de... par derrière après ? et ma tante que vous avez subtilisée... et cette pauvre Suzanne que vous avez plantée là, comme un... que vous êtes !

(A ce moment, Guillaume va pour se moucher ; mais Barnabé, qui s'en aperçoit lui enlève prestement son mouchoir et le lui jette au fond du théâtre. — Guillaume va le ramasser d'un air vexé.)

PASCAL, avec colère.

Camarade !... (Se calmant à lui-même.) Au fait... il a raison, ma conduite envers Suzanne... (A Barnabé.) Quant à votre tante, du moins, vous n'avez pas de reproches à me faire... j'ai profité d'une place dans sa carriole, voilà tout.

BARNABÉ, avec explosion.

Bien vrai ?... dans sa carriole ?... pas plus ?... parole sacrée ?

PASCAL.

Aujourd'hui, c'est uniquement le hasard qui m'amène... et je me disposais à partir le plus tôt possible.

BARNABÉ, joyeux.

Alors, camarade... touchez-là... (Par réflexion.) Mais... il y a toujours votre conduite avec Suzanne... et ça c'est une gueuserie du premier numéro.

PASCAL.

Elle m'a maudit plus d'une fois, n'est-ce pas ?

BARNABÉ.

Eh bien, non, voilà ce qui taquine et qui enrage le père Marcassin... elle est encore assez bonne pour chercher à vous excuser.

PASCAL, avec joie.

Il serait vrai ?...

(Musique militaire dans le lointain.)

GUILLAUME, à la fenêtre.*

Les voilà... les voilà !

PASCAL.

Que dit-il ?... quelle est cette musique !

BARNABÉ.

Hé bien ! oui... c'est le régiment qui arrive... c'est ici l'étape.

PASCAL.

Le régiment ! (Il court à la fenêtre, la musique se raproche.)**

* Barnabé, Pascal, Guillaume,

** Barnabé, Guillaume, Pascal.

Oui... oui!... je reconnais cet air... ils approchent... ah! mon Dieu!... qu'est-ce que j'éprouve?... mon cœur bat à briser ma poitrine... les grenadiers!... où mon père était sergent. (Avec un cri,) le drapeau... le drapeau sous les plis duquel je suis né... le clocher de mon village, à moi!... Ah!... pourquoi ai-je quitté tout cela?

Air : *Prêt à partir pour la rive africaine.*

Nobles couleurs, à vous encor fidèle,
Quand vous passez, tout mon cœur a frémi!...
Ah! ce drapeau, c'est l'honneur qui m'appelle...
Et c'est pour moi la voix d'un vieil ami!

(*La musique militaire recommence.—Il entre précipitamment dans la chambre de droite. — Guillaume retourne à la fenêtre.*)

BARNABÉ.*

Eh bien!... il s'en va!... c'est égal... il a du bon!... et après ce que je sais... que ma tante Modeste était innocente, j'ai le cœur si joyeux... que je ne lui en veux plus!... (Avec attendrissement.) Ah!... que c'est bon!... que c'est beau, le pays!... et ma tante, et mes bêtes... dire qu'il faudra encore quitter tout ça!... Guillaume! oùs qu'est ma tante?... oùs qu'est mes bêtes?

GUILLAUME, à la fenêtre.

Votre tante doit être à voir passer la troupe, pour sûr... et les bêtes, elles sont dans le pré. (On entend braire un âne en dehors.)

BARNABÉ, tressaillant

Qu'entends je?...

Air précédent.

C'est Bourriquet... toujours tendre et fidèle!...
A ces accents tout mon cœur a frémi!...
Je n'y tiens plus!... quand son timbre m'appelle,
Je veux répondre à la voix d'un ami.

(*Il va pour sortir.*)

GUILLAUME, le rappelant.

Monsieur Barnabé!... monsieur Barnabé!...

BARNABÉ, s'arrêtant.

Ah!... si ma tante rentre avant moi, dis lui... non, ne lui dis rien... je veux lui superposer une surprise!... (Il sort en courant par le fond.)

SCÈNE XI.

GUILLAUME, puis MARCASSIN, SUZANNE.

GUILLAUME, seul.

Le voilà qui s'en sauve comme un fou!... est-il devenu

* Barnabé, Guillaume.

crâne à c'tte heure!... c'est la bourgeoise qui va être joliment étonnée... mais comment qu'il va s'arranger avec le hussard !...

MARCASSIN, entrant avec Suzanne par le fond. *

Soit! mon enfant, entrons...

GUILLAUME, voyant Marcassin.

Tiens!... un militaire!...

MARCASSIN, à Suzanne.

Et, pendant que tu pousseras une reconnaissance ci-dedans, j'irai aux informations.

GUILLAUME, voyant Suzanne.

Une cantinière... elle est fièrement gentille!

MARCASSIN.

Tu trouves, mon garçon?... tu n'es pas dégoûté. (Lui donnant un papier.) Voici le billet de logement... la maison est-elle bonne?... le bourgeois est-il bon enfant?

GUILLAUME.

Le bourgeois, sans vous commander, c'est une bourgeoise... je cours la prévenir. (Il sort par le fond.)

MARCASSIN, à lui-même. **

On ne m'ôtera pas de l'idée que c'est lui que j'ai vu là-bas en carriole!... (Il pose son sac et sa canne dans un coin à droite, tandis que Suzanne met son panier, son petit tonneau et son chapeau sur une chaise au fond à gauche.)

SUZANNE.

Qui donc?...

MARCASSIN.

Le Beaulieu!... et justement que j'ai eu de ses nouvelles... Oh! il faut que je le voie!... moi, un vieux... un doyen... je ne souffrirai pas qu'un sous-officier quelconque compromette nos galons à tous!...

SUZANNE.

Mais qu'a-t-il donc fait?...

MARCASSIN.

Si je le trouve... et je le retrouverai!... je vais m'informer... et alors...

SUZANNE.

Mon Dieu! de quel air vous dites ça?...

MARCASSIN.

Un air... je ne crois pas...

SUZANNE.

Si fait... et depuis quelque temps vous êtes toujours en colère!...

* Suzanne, Marcassin, Guillaume.

** Suzanne, Marcassin.

MARCASSIN, vivement.

Avec ça que j'ai sujet d'être guilleret !... quand chacun prend à tâche de me vexer... a commencer par toi.

SUZANNE.

Par moi ?...

MARCASSIN, se montant.

Oui !... me crois-tu donc la dupe, de ta joie d'aller prendre garnison a Paris.

SUZANNE.

Dame !... on dit que c'est si beau !...

MARCASSIN, l'imitant.

C'est si beau !... (Rudement.) Ça n'est pas vrai !...

SUZANNE, cherchant à plaisanter.

Ça n'est pas beau ?...

MARCASSIN.

Si fait !... mais ta joie vient de ce que tu espères y rencontrer Pascal... et tu as tort. vois-tu... car le hasard peut aussi le faire tomber sous ma coupe, ce monsieur... et, rien qu'en pensant à lui, je me sens des démangeaisons dans le creux de la main.

SUZANNE.

Parrain... il m'aimait !... ce sont les mauvais conseils... et si...

MARCASSIN.

Suffit... d'ailleurs, ce n'est pas de lui qu'il s'agit pour la minute... au plus pressé... au Beaulieu d'abord... Reste ici... prépare la cantine... je vais aux renseignements.

SCÈNE XII.

SUZANNE, puis PASCAL.

SUZANNE, seule.

Parrain a beau se fâcher, est-ce qu'il m'est possible de ne plus penser à Pascal ? Quelque chose me dit là qu'il reviendra... et alors... oh ! je sens bien que je n'aurai plus la force de lui en vouloir ! (A ce moment, Pascal qui est sorti de la chambre de droite et qui a entendu les derniers mots, s'élance tout joyeux vers elle. Il a repris son costume de caporal et coupé sa barbe et ses favoris, en ne conservant que ses moustaches.)

PASCAL, avec élan.*

Merci, merci, ma Suzanne !

SUZANNE, avec un cri de joie.

Pascal !

* Suzanne, Pascal.

ENSEMBLE.

Air de M. DUFORT.

Douce ivresse !
Je te presse
Aujourd'hui sur mon cœur!
O douce ivresse !
O moment enchanteur!

SUZANNE.

Tes coupables folies
Causèrent ma douleur.

PASCAL.

Mais j' veux que tu l'oublies
A force de bonheur!
Oui, j' veux que tu l'oublies, *etc.*

ENSEMBLE. — REPRISE.

Douce ivresse ! *etc.*

SUZANNE.

Bien vrai? tu ne me quitteras plus ?

PASCAL.

Oh ! je te le jure !... vois cet uniforme que j'ai repris... je reste avec vous... ma voiture, les chevaux que j'avais demandés, je vais tout renvoyer... Quant aux amis qui m'attendaient, je leur écrirai qu'ils ne comptent plus sur moi... ça ne sera pas long... tu vas voir... (Ici on entend la voix de Marcassin au-dehors.

SUZANNE, effrayée et remontant.

Dieu ! mon parrain !...

PASCAL.*

Eh bien ! tant mieux... je vais lui parler... je vais lui dire...

SUZANNE, l'arrêtant.

Non... non !... il est trop irrité contre toi, et dans le premier moment... il faut d'abord que je le prépare... attends... ne te montre pas... laisse-moi faire... attends... (Elle sort vivement par le fond.)

SCÈNE XIII.

PASCAL, puis BARNABÉ.

PASCAL, seul.

Au fait, elle a peut-être raison... l'ancien n'est pas commode à amadouer... Elle y réussira mieux que moi... Bonne Suzanne ! son pardon me rend mon courage... et puis, il me semble que je respire plus à l'aise sous cet habit. (Barnabé entre par le

* Pasc l. Suzanne.

fond sur ces derniers mots ; il tient à la main une veste de paysan, q'uil dépose au fond à droite.)

BARNABÉ, sans voir Pascal.*

Il m'a reconnu !... Bourriquet m'a reconnu !... et la grande noire donc ! (Apercevant Pascal.) Tiens, vous avez repris l'uniforme ?

PASCAL.

Comme tu vois.

BARNABÉ.

Il n'y a que ce pauvre petit roux ! je ne m'en consolerai jamais... il a encore évu le prix... c'est lui qui est devenu le bœuf-gras de cette année !... et dire que j'en ai peut-être mangé !... Ah ça ! mais pourquoi que vous avez repris l'uniforme ?

PASCAL, joyeux.

Suzanne pardonne... je reviens au régiment !

BARNABÉ.

Moi, c'est le contraire... mais c'est égal, je vous rends mon estime.

PASCAL, riant.

Comment, vous désertez ?

BARNABÉ.

Déserter ? fi donc ! ma tante m'achètera un homme.

PASCAL.

Inutile ! j'achèverai votre temps !

BARNABÉ, enchanté.

Vrai ? enlevé ! j'accepte ! si vous voulez passer dans la musique, je vous cède mon instrument par-dessus le marché. (Il lui désigne son ophicléide.)

PASCAL, riant.

Merci.

BARNABÉ, confidentiellement.

Dans le civil, je ne veux plus cultiver que le serpent et j'espère le faire agréer à ma tante.

PASCAL, sans l'écouter, à lui-même.

Allons ! mon existence de viveur est finie... et la seule qui me convienne réellement, je le sens, ma vie de joyeux soldat va recommencer ! (Il sort en courant par le fond.)

SCÈNE XIV.

BARNABÉ, puis MODESTE.

BARNABÉ, seule, remontant la scène.

Eh ben ! il s'en va ! est-ce qu'il serait toqué ?... c'est égal... il achèvera mon temps... ça me va !

* Pascal, Barnabé.

MODESTE, au dehors.

C'est bon, je vais leur porter ca moi-même.

BARNABÉ.

Dieu ! ma tante ! nom d'un bémol ! je sens mes jambes qui font une fugue ! (Il va pour s'asseoir, puis reprend avec résolution.) Eh bien ! non ! je ne m'évanouirai pas ! il faut qu'elle sache combien je l'idole hermétiquement ! (Modeste entre par la deuxième porte à gauche, portant un pot de cidre et deux gobelets.)

MODESTE, entrant. *

Excusez si on ne vous a pas encore servi. (Elle met le pot et les gobelets sur le bureau, se retourne et reconnaît Barnabé.) Ah ! mais, je ne me trompe pas, Barnabé, c'est Barnabé !

BARNABÉ, à lui-même.

Elle m'a reconnu... comme la grande noire et Bourriquet !

MODESTE.

Comment ! c'est toi, ingrat, qui me fais comme ça des souleurs?

BARNABÉ.

C'est moi-même.

MODESTE.

Après m'avoir laissée deux ans sans m'écrire, tu me tombes tout d'un coup, sans crier gare !

BARNABÉ.

Si je suis fautif... c'est pas le cœur qui en est cause, allez, ma tante.

MODESTE.

Eh bien ! alors, qu'est-ce que ca veut dire? mais attends d'abord que je te regarde...

BARNABÉ.

BARNABÉ, avec fatuitué, passant devant elle, en se dandinant.

Regardez, ma tante... la vue n'en est point z'haïssable, au dire des connaisseuses.

MODESTE. **

C'est vrai que tu t'es formé tout de même... les moustaches t'ont poussé.

BARNABÉ.

Il m'a poussé encore des idées... que j'en ai maintenant gros comme une meule de foin.

MODESTE.

Pas possible?

BARNABÉ.

C'est la pure vérite.

MODESTE.

Voyez ce que c'est que l'uniforme.

* Modeste, Barnabé.

** Barnabé, Modeste.

BARNABÉ.

Mais z'oui... je passe pour un assez joli troubade... j'en ai endossé le chic avec la pélure... mais c'est égal, une fois que j'ai eu mis le pied dans le village, il m'a semblé que je m'y trouvais comme un intrus... les maisons me regardaient de travers, les saules me faisaient de grands bras et les blés s'agitaient, comme pour me dire : par file à gauche !... jusqu'au vieux pommier, tout pres de l'église, qui s'est permis de me flanquer une reinette sur la figure, sous prétexte qu'il faisait du vent ! mais je n'ai pas été la dupe... c'est mon costume qui l'offusquait.

MODESTE.

Comment, est-ce que tu voudrais quitter ces habits qui te vont si bien ?

BARNABÉ, montrant la veste de paysan au fond.

Positivement, ma tante, j'ai compris que, si vous avez voulu vous débarrasser de moi dans le temps, c'est que j'étais pas mal cornichon... tandis qu'à une fermière conséquente et à une belle femme comme vous, il fallait un paroissien qui *possédasse* de la compétence et du truc... pour faire fleurir la maison et la bourgeoise... et c'est dans cette intention que je revole vers vous, ma belle, à titre-d'aile, comme l'hirondelle fidèle !... voilà !... c'est en deux-quatre que ça se joue, mouvement de polka, ma tante, quatre dièzes, et Cupidon pour caporal à la clef !

MODESTE.

Mazette !... comme ta langue s'est affilée au régiment !... sais-tu-bien que cela ressemble à une déclaration, ce que tu me dis-la ?

BARNABÉ, lui prenant la taille.

Comme deux gouttes de parfait amour, ma tante !

MODESTE, enchantée.

C'est qu'il est devenu tout-à-fait aimable !... continue, mon garçon, tu m'amuses !... (Barnabé va pour l'embrasser ; Guillaume, qui accourt par le fond, vient se mettre entre eux.)

SCÈNE XIV.

BARNABÉ, GUILLAUME, MODESTE, puis BASTIEN.

GUILLAUME.

Pardon, excuse, la bourgeoise et la compagnie, si je vous dérangeons.

BARNABÉ, à part le repoussant.

L'animal !... ça mordait... mon ophycléide l'aurait achevée.

MODESTE, à Guillaume.

Qu'est-ce qu'il y a, imbécille ?

GUILLAUME.

C'est que c'est l'heure, bourgeoise... et Monsieur Beaulieu à dit que, s'il ne trouvait pas le couvert mis en arrivant, il ferait du train. (Modeste lui fait signe de se taire.)

BARNABÉ.

Beaulieu !... il est ici ?

GUILLAUME.

S'il y est !... ah ! ben !...

MODESTE, embarrassée et passant près de Barnabé.*

Oui, mon ami... et j'allais même t'apprendre que j'ai l'intention...

BARNABÉ.

L'intention?...

GUILLAUME.

De se marier, quoi donc !... et que c'est l'autre qui étions l'épouseur.

BARNABÉ, se montant.

Epouser ma tante !... nom d'un serpent !... (Avec calme.) Tiens, tiens, tiens !... et il va venir souper avec nous, le Beaulieu ?...

GUILLAUME, riant.

Je crois ben... même qu'il y a z'à la broche un quartier de chevreuil et quatre perdereaux de sa chasse.

BARNABÉ.

Tiens, tiens ! tiens !

MODESTE, contrariée à Guillaume.

Allons, c'est bon, bavard !... mets le couvert et depêche-toi.

GUILLAUME.

Ça ne sera point long, bourgeoise. (Il entre dans la deuxième chambre à gauche et en resort presque aussitôt avec Bastien. — Ils apportent une table toute servie, qu'ils placent au milieu du théâtre, ainsi que deux chaises.

MODESTE, à Barnabé.

Ce que tu viens d'apprendre ne te contrarie pas, mon garçon ?

BARNABÉ, furieux.

Moi?... nom d'un piston !... (Se calmant.) Je serais bien bête, est-ce que vous n'êtes pas votre maîtresse ?

MODESTE.

Et tu souperas avec nous ?

BARNABÉ.

J'en serai même flatté. (A part.) Si ce souper-là ne lui passe pas, au futur... je me charge de lui payer la tisane. (Il fait le geste de donner un coup de sabre.) Psitt !

* Barnabé, Modeste, Guillaume.

MODESTE, dépitée, à part.

C'est singulier comme il se résigne!... à l'entendre tout-à-l'heure, j'aurais cru pourtant... (Avec un soupir.) Allons, en se dégourdissant, il est devenu, comme les autres, un beau parleur... et v'là tout. (Coups de fouet au dehors.)

GUILLAUME, regardant du côté de la fenêtre. *

V'là la carriole qui arrive... c'est monsieur Beaulieu!... allons, Bastien, à ce rôti!... (Bastien sort par la deuxième porte à gauche.) Et maintenant, à chacun son pot de cidre... pas vrai, bourgeoise?**

BARNABÉ.

Du cidre?... pour un repas d'accordailles!... allons donc!... (A Modeste.) Est-ce qu'il ne vous reste plus de ce petit cachet rouge de derrière les fagots, ma tante?

MODESTE, toujours dépitée.

Tu le veux?... Guillaume, du cachet rouge, trois bouteilles!

BARNABÉ, à Guillaume.

Bah!... mets-en six!

GUILLAUME, à part.

Moi qui espérais qu'il allait rosser le hussard!... des moustachés... mais pas de moëlle!... pas la moindre moëlle!... (Il sort par le fond.)

MODESTE, à part, regardant Barnabé, qui chantonne en se promenant.***

C'est qu'il a l'air enchanté!... ça ne serait-il que par feinte?.. (Appelant.) Guillaume?

GUILLAUME, entrant par le fond, avec un panier de vin, qu'il dépose derrière la table.****

Voilà, bourgeoise!

MODESTE.

Allez bien vite aider monsieur Beaulieu à dételer... nous nous servirons bien tout seuls. (Elle passe à gauche.)

BARNABÉ, allant à Guilaume, et majestueusement. *****

Oui, allez!... (Le rappelant.) Ah!... Guillaume?... (Il le prend à part et lui parle bas à l'oreille pendant que Modeste regarde s'il y a tout ce qu'il faut sur la table.)

GUILLAUME, stupéfait, bas à Barnabé.

Comment, vous voulez?...

BARNABÉ, bas.

Ou sinon je te flanque une volée... choisis!

* Barnabé, Bastien, Guillaume, Modeste.

** Barnabé, Guillaume, Modeste.

*** Barnabé, Modeste.

**** Barnabé, Guillaume, Modeste.

***** Modeste, Barnabé, Guillaume.

GUILLAUME, bas.

Mais c'est qu'il sera furieux !... et après, il est dans le cas de m'assommer.

BARNABÉ, bas.

Je réponds de la casse !... c'est dit !... *silentium !...*

MODESTE, à part, les regardant.

Qu'est-ce qu'ils marmottent donc là ?

BARNABÉ, bas à Guillaume.

Pas accéléré !... file !... (Il le pousse vers le fond.)

GUILLAUME, à part. *

Ah ! ben !... en v'là une bonne !... mais, puisqu'il répond de la casse... (Il sort par le fond.)

SCÈNE XV.

MODESTE, BARNABÉ.

BARNABÉ, se mettant à table.

Allons, ma tante, à table, pendant que c'est chaud !

MODESTE.

Comment, tu t'installes déjà ?...

BARNABÉ, mettant sa serviette.

Comme vous voyez. (Il débouche une bouteille.)

MODESTE.

Il me semble que tu pourrais bien attendre...

BARNABÉ.

Qui ça ?... votre futur ?.... il nous rattrapera. Venez donc, ma tante ! bah ! quand nous commencerions à trinquer un brin toutes les *deusses*, comme autrefois, que vous étiez si avenante pour moi, tout nigaud que j'étais !... c'était ça des moments heureux !

MODESTE, se rapprochant.

Ah ! tu t'en souviens ?... (Elle se met à table en face de lui.)

BARNABÉ, versant à boire.

Faudrait que je *soye* un fier animal pour l'avoir oublié... et ne pas le regretter... aussi, maintenant, plutôt que de vous quitter, voyez-vous... à votre santé, ma charmante !...

MODESTE, se laissant aller et trinquant.

A la tienne, mon garçon !... (Ils boivent.) Tu ne veux plus me quitter, que tu dis ?

BARNABÉ.

Jamais !... (Servant.) Une aile de perdrix, ma tante !

MODESTE.

Volontiers... mais le service ?

* Modeste, Guillaume, Barnabé

BARNABÉ.

C'est arrangé... j'ai un remplaçant... le gouvernement y perdra peut-être... c'est malheureux... mais que voulez-vous ?... (La servant.) Encore une aile de perdrix, ma tante !

MODESTE, riant.

Ah ! mon Dieu !. . comme nous allons !... et moi qui ne pensais plus...

BARNABÉ, versant à boire.

A quoi ?... à votre futur ?... ne vous inquiétez donc pas !

MODESTE.

C'est que, quand il va venir... il trouvera peut-être malhonnête... songe donc que c'est de sa chasse !

BARNABÉ.

Ah ! c'est de sa chasse ?... raison de plus !... (Il mange avidement.)

MODESTE, riant.

Doucement... tu vas te faire mal.

BARNABÉ.

A votre santé, ma tante !... (Ils boivent.) En voilà une que j'ai portée souvent en votre absence !... et que je porterai toujours, comme je vous aime... jusqu'à mon dernier souffle !... (A part.) V'lan, ça y est bien cette fois !...

MODESTE, gaîment.

Eh bien ! encore une déclaration !... voilà que ça te reprend !

BARNABÉ.

Ça me reprend !... c'est-a-dire que ça ne m'a jamais quitté... et ça ne me quittera jamais !... (Se levant.) Je suis parti d'avec... et je reviens... d'avec.

MODESTE.

Il serait vrai ?...

BARNABÉ, allant au bureau et prenant son ophycléide.*

Si ça l'est ? Demandez à ce fidèle camarade en mi bémol !

MODESTE, se levant.

Qu'est-ce que c'est que ça ?

BARNABÉ.

Bombardon, le confident de mes soupirs !... même que, si vous voulez, je vas vous faire entendre un échantillon de notre dialogue harmonique, arrangé par moi, avec accompagnement obligé de caisse claire.

MODESTE, riant, mais touchée.

Pauvre garçon !... mais Beaulieu qui va venir !...

BARNABÉ.

Ne vous en inquiétez donc pas et faites chorus, ma tante.

* Barnabé, Modeste.

Air de M. Dufort.

O tendre ophycléide,
Bombardon des amours,
Ta douce voix me guide
Et viens à mon secours.

MODESTE.

Quoi, toujours !

BARNABÉ.

Oui, toujours !
(*Prélude sur son instrument.*)
C'est d'abord bien timidement
Qu'il roucoule le sentiment.

MODESTE.

Le sentiment ?

BARNABÉ.

Le sentiment !

MODESTE.

Timidement ?

BARNABÉ.

Timidement !
(*Ritournelle sur son instrument.*)
Puis ensuite, plus z'hardiment
Il présente son compliment.
Plus z'hardiment !
Plus galamment !
Plus tendrement !

ENSEMBLE.

Plus z'hardiment ! *etc.*

BARNABÉ.

Même, à la fin, gaillardement.
(*Ritournelle sur son instrument.*)
En dégourdi, en dégourdant,
Ran plan,
Comm' dit le r'frain du régiment !

ENSEMBLE.

En dégourdi, en dégourdant !

MODESTE, *avec coquetterie.*

Mais à ton amour qui s' révèle
Ici pour la première fois,
Si, malgré tout, restant rebelle,
Je persistais dans un autr' choix ?

BARNABÉ.

Alors, dans ma peine cruelle,
Mon chant n'aurait plus rien d'humain !
Le rossignol tourn'rait soudain
Au lion, au tigre africain !

MODESTE.

Au tigre africain ?

BARNABÉ.

Au tigre africain !
(Ritournelle sur son instrument.)
J'emprunterais son rugissement !
(Ritournelle sur son instrument.)
Et l'on verrait le sentiment
Se changer en vrai tremblement !

MODESTE.

En vrai tremblement ?

BARNABÉ, *avec férocité.*

En vrai tremblement !
(Tendrement.)
Mais l' préféré, c'est moi vraiment.

MODESTE.

Mais l' préféré ?

BARNABÉ.

C'est moi vraiment.

MODESTE, *gaiement.*

Quoi, vraiment ?

BARNABÉ, *avec fatuité.*

Oui, vraiment !
En dégourdi, en dégourdant, *etc.*

ENSEMBLE.

En dégourdi, en dégourdant, *etc.*

(A la fin du morceau et au moment où Barnabé embrasse Modeste, un grand fracas se fait entendre, et Beaulieu entre par le fond avec Guillaume qu'il tient par l'oreille. — Barnabé remet son ophycléide sur le bureau.)

SCÈNE XVI.

BARNABÉ, GUILLAUME, BEAULIEU, MODESTE.

BEAULIEU, furieux, à Guillaume.

Drôle !... il faut que je t'étrangle !...

GUILLAUME, se réfugiant derrière Barnabé.*

Puisque je vous disons que c'est par mégarde, m'sieur Beaulieu !

MODESTE.

Beaulieu !... qu'y a-t-il ?

BEAULIEU.

C'est cet affreux coquin qui m'avait enfermé dans l'écurie !... si je n'avais réussi enfin, à faire sauter la serrure !... (A Guillaume.) Mais, morbleu ! ce sera ta dernière sottise !... (Il veut se précipiter sur lui, mais Barnabé l'arrête.)

BARNABÉ.

Pas de gros mots, hussard !... je les prohibe !...

BEAULIEU, étonné.

Hein ?... à merveille !... (Regardant la table.) Je vois que, pendant que j'enrageais, on prenait ici le temps en patience !... (A Modeste.) Mais me direz-vous quel est ce gentilhomme, ma reine ?... (Guillaume s'occupe à ranger la table et les chaises, en ayant soin de se tenir à distance de Beaulieu.

MODESTE, passant près de Barnabé, et avec un peu de trouble. **

Ce gentilhomme... c'est mon neveu.

BARNABÉ.

A la mode de Bretagne... ce qui n'empêche pas les sentiments, hussard.

BEAULIEU.

Ah ! fort bien !... (A Modeste.) Je ne vous cacherai pas que je trouve ce fantassin médiocrement de mon goût... mais ce n'est pas lui que j'épouse, et cela ne nous empêchera pas de vaquer à la cérémonie dans le plus bref délai.

BARNABÉ.

Savoir !... Pendant votre tête-à-tête dans l'écurie avec Bourriquet, moi, j'ai mis le mien à profit avec ma tante... (A Modeste.) C'est à vous de répondre... et pas peur... je suis-là.

MODESTE, à Beaulieu.

C'est vrai que je vous avons promis mais, si j'étais indécise, si j'hésitais comme ça à vous prendre... c'est que je sentais bien que ce mariage n'était point mon fait et je vous supplions de me rendre ma parole.

BEAULIEU.

Une mystification ?... une rupture ?... de mieux en mieux !... mais il est trop tard... (Tirant la procuration de sa poche.) Oubliez-vous ce papier que vous m'avez signé ?...

* Guillaume, Barnabé, Beaulieu, Modeste.

** Guillaume, Barnabé, Modeste, Beaulieu.

BARNABÉ.

Un papier?... quel papier ?... (Modeste a l'air de donner tout bas un explication à Barnabé. — A ce moment Marcassin paraît au fond.)

SCÈNE XVII.

Les Mêmes, MARCASSIN ; puis PASCAL et SUZANNE.

MARCASSIN, à la cantonnade.*

N'en parlons plus, enfants... j'ai pardonné.

BEAULIEU, à Modeste, montrant la procuration.

Je suis maintenant le maître ici !

BARNABÉ, s'avançant vers lui.**

Nom d'une polka !.,. c'est ce que nous verrons... (A Modeste, qui cherche à le retenir.) Ne craignez rien, ma tante, je vas le casser en deux !

MARCASSIN, venant se placer entre Barnabé et Beaulieu et avec douceur.

Gourmand d'enfant ! faut pourtant laisser un peu de nanan pour les vieux. (A Beaulieu.) Pas vrai, mon chéri, qu'il vaut mieux arranger ça nous deux ?

BEAULIEU.

Encore un duel avec vous ? croyez-vous me faire peur, parce qu'une fois vous m'avez blessé ?

BARNABÉ.

Père Marcassin, je vous respecte, mais vous nous embêtez... allez-vous asseoir et laissez-moi m'aligner ave ce fendant-là.

MARCASSIN le repoussant doucement.

Impossible ! tes moyens ne te le permettent pas.

BARNABÉ.

Comment, mes moyens ? (Modeste le retient et cherche à l'apaiser.)

MARCASSIN bas à Beaulieu, qu'il prend à part.

A nous deusse !... Pas vrai, jeune homme, que quatre mille francs sont chers à trouver... et c'est de ça qu'il s'agit d'abord.

BEAULIEU, troublé, bas.

Quatre mille francs !

MARCASSIN, bas.

Heureusement que je les avais, moi, quand celui, à qui vous aviez engagé votre parole, est venu vous accuser d'y manquer chez votre capitaine, un vieux camarade à moi, comme j'en ai quelques-uns qui portent l'épaulette... Toutes mes petites éco-

* Guillaume, Barnabé, Modeste, Marcassin, Beaulieu.

** Guillaume, Modeste, Barnabé, Marcassin, Beaulieu.

nomies y ont passé... (Lui donnant un papier.) Voilà la quittance. Allons, prenez... et filons sur le pré.

BEAULIEU, bas.

Moi, me battre avec vous, quand votre générosité me sauv jamais!...

BARNABÉ, à Marcassin.

Nom d'un mirliton!... s'aligne-t-il, oui ou non?

BEAULIEU, passant près de Barnabé.*

Non... je pars! (A Modeste.) Je vous rends votre parole. (Il présente la procuration, que Barnabé prend et passe à Modeste. — Puis se tournant vers Marcassin...) Allons, vieux, une poignée de main?

MARCASSIN, lui donnant la main.

Et c'est de bon cœur, cette fois! (A part.) C'est égal... encore un qui me file dans la main!... ça ne va plus! (Passant près de Barnabé, qui a été au fond prendre sa veste de paysan et se dispose à la mettre. — Haut.) Ah ça! toi, qu'est-ce que c'est, s'il vous plaît, que ce costume qui n'est pas d'ordonnance?

BARNABÉ.**

C'est celui de la chose, père Marcassin... Je reste ici, avec ma tante, Bourriquet et mes bêtes!

MARCASSIN.

Par exemple! si tu crois que je souffrirai que mon prévost...

BARNABÉ froidement.

Faudra vous faire une raison, père Marcassin... (Pascal entre par le fond avec Suzanne, à qui il donne le bras.)*** J'ai un remplaçant... (Montrant Pascal.) et tenez, voilà que je vous le présente.

PASCAL.

Et nous ferons les deux noces à la fois.

BARNABÉ, à Modeste.

Air du *Bombardon*. (M. DUFORT.)

Je vous devrai des jours prospères
Dedans les chaînes de l'hymen;
Mais, pour les rendre plus légères,
J'aurais besoin d'un p'tit coup d' main.

MODESTE, au public.

Messieurs, n' soyez pas trop sévères
Pour notr' refrain de régiment.

* Guillaume, Modeste, Barnabé, Beaulieu, Marcassin.

** Guillaume, Modeste, Barnabé, Marcassin, Beaulieu.

*** Guillaume, Modeste, Barnabé, Pascal, Suzanne, Marcassin, Beaulieu.

BARNABÉ, au public.

Et, chaqu' soir sur mon instrument...

MODESTE, l'interrompant.

Avec nous répétez gaîment.

BARNABÉ ET MODESTE.

En dégourdi, en dégourdant,
Ran plan,
Voilà le r'frain du régiment !

TOUS.

En dégourdi, en dégourdant, etc.

Clermont (Oise). — Imp. A. DAIX, rue de Condé, 58.

www.ingramcontent.com/pod-product-compliance
Ingram Content Group UK Ltd.
Pitfield, Milton Keynes, MK11 3LW, UK
UKHW012258240726
13966UKWH00004B/1464

9 782013 044615